Joan Reeves est une Texane pur sucre qui a commencé à écrire de la romance un peu par hasard, parce qu'elle adore raconter des histoires drôles qui finissent bien, et parce qu'on n'a jamais assez d'amour dans la vie. Depuis qu'elle a découvert les e-books, Joan en est une fan absolue, et publie tous ses titres sous ce format aux États-Unis, où ils remportent un immense succès.

Du même auteur, chez Milady :

Jane (cœur à prendre) Jones
Mariés à tout prix
Un seul regard

Joan Reeves

Un seul regard

Traduit de l'anglais (États-Unis) par Alix Paupy

Milady Romance

Milady est un label des éditions Bragelonne

Titre original : *Just One Look*

ISBN : 978-2-8112-0849-3

Bragelonne – Milady
60-62, rue d'Hauteville – 75010 Paris

E-mail : info@milady.fr
Site Internet : www.milady.fr

Un seul regard *est dédié à Michael Clinton Reeves, qui m'apporte beaucoup de joie de par sa personnalité, sa compassion, sa chaleur et son sens de l'humour. C'est un jeune homme formidable qui sait apprécier la vie et ses bienfaits. Sa présence est une bénédiction.*

Et, comme toujours, je dédie ce livre à Larry, mon mari, qui fut sans aucun doute créé tout spécialement pour moi. Mon cœur lui appartient. À jamais.

Chapitre premier

Jennifer Monroe frissonna et se frotta les bras pour faire passer la chair de poule. *On se croirait dans une chambre froide, pas dans un cabinet médical*, songea-t-elle. Et encore, il ferait meilleur dans une chambre froide. Pourquoi diable chauffaient-ils aussi peu ? Comme si les gens n'avaient rien d'autre à faire que de rester assis à attendre, avec un simple morceau de papier pour dissimuler leur nudité.

Elle pianota sur la table d'examen avec nervosité. Le bruit de papier froissé résonnait étonnamment fort dans la pièce silencieuse. Brusquement, Jennifer cessa ce petit jeu pour regarder sa montre. *Génial ! Nous voilà bien !* se dit-elle en croisant les jambes.

Elle balançait le pied d'avant en arrière d'un geste vif et impatient. Quand elle serait libérée, il ne lui resterait plus qu'à appeler Alva pour annuler leur déjeuner. À cause d'un médecin incapable d'être ponctuel, elle n'aurait pas le temps d'aller en ville retrouver son amie au *Dallas Epicurean*.

Jennifer s'entendit pousser un soupir résigné. Alva allait lui passer un savon si elle annulait encore. Mais qu'y pouvait-elle ? Cette fois, au moins, ce n'était pas sa faute.

Un autre soupir douloureux s'échappa de ses lèvres. *Les vieilles copines sont parfois de vraies plaies*, songea-t-elle avec aigreur. Surtout quand elles pensent avoir pour mission de vous protéger contre vous-même. C'était le cas d'Alva Hernandez, sa meilleure amie.

Dans un grognement irrité, elle jeta un nouveau coup d'œil à sa montre en argent. *J'étais à l'heure, moi*, se dit-elle, grincheuse. *Pourquoi pas lui ?*

Jennifer avait déjà patienté une demi-heure avant d'être introduite en salle d'examen. Elle parcourut du regard la pièce exiguë. Si elle n'avait pas été de si mauvaise humeur, elle aurait sans doute éclaté de rire en voyant la décoration. On aurait dit qu'un fou furieux était passé par là avec un flacon d'éosine. Tout dans la pièce était rose jusqu'à l'écœurement. Même la jeune assistante, qu'elle entendait rire bêtement dans le couloir, était habillée en rose.

Cette dernière, qui semblait avoir reçu son diplôme la veille, avait donné à Jennifer une blouse en papier. *Le coup de grâce*, se dit-elle en jetant un regard noir à l'outrageant vêtement jetable. La jeune femme lui avait assuré que le docteur Penrose s'occuperait d'elle dans un instant.

« Un instant ? » Elles ne devaient pas avoir la même définition du mot « instant », s'exaspéra Jennifer. Elle était assise sur cette table tendue de papier depuis une bonne demi-heure. Une heure entière de perdue, sans compter le trajet entre son bureau de Forest Central et ce cabinet, au nord de Dallas. Ce docteur ne savait-il pas qu'elle aussi, elle avait des patients ? Des gens qui attendaient pour lui parler ? Des adolescents qui voulaient – non, qui devaient – exprimer leurs angoisses. Les rendez-vous qu'elle avait programmés pour l'après-midi lui revinrent en mémoire, et elle soupira une fois de plus. Tous ces gosses. Tous ces problèmes.

Récemment, ses pensées s'égaraient trop souvent dans cette direction. Alva lui reprochait d'être devenue un bourreau de travail et d'avoir oublié ce que c'était de s'amuser. Quand son amie lui avait demandé depuis quand elle n'était pas sortie avec un homme, Jennifer avait été incapable de s'en souvenir.

« Tu sais ce qu'on dit, Jen : trop de travail tue », avait fait remarquer Alva en hochant la tête, faisant danser ses longues boucles brunes.

Alva, elle, n'avait jamais de mal à se souvenir de son dernier rendez-vous. En vérité, son unique souci était de s'y retrouver parmi tous les hommes qui lui tournaient autour. Jennifer soupçonnait son amie, informaticienne, d'en tenir une liste détaillée sur un classeur Excel.

— Tu as peut-être raison, Alva, dit Jennifer à voix haute.

Elle s'étira et chercha une position plus confortable. Elle essaya d'écouter la musique douce qui sortait d'un haut-parleur pendu au plafond, mais les bruissements du papier s'imposaient à ses oreilles, lui rappelant où elle était.

La porte s'ouvrit brusquement, et l'assistante gazouilla :

— Le docteur va arriver.

Jennifer leva les yeux au ciel, dépitée. Cette dinde n'avait cessé de lui glousser la même rengaine depuis plus d'une heure. Elle s'apprêtait à demander une couverture, un oreiller et un réveil par téléphone, mais la jeune femme ferma la porte sans laisser le temps à Jennifer de lancer ses sarcasmes.

J'aurais dû me contenter d'annuler le rendez-vous quand j'ai appris que Sylvia n'était pas là, se dit-elle. Sylvia Haddad, sa gynécologue depuis quatre ans, ne l'avait jamais fait attendre aussi longtemps. Mais, ce jour-là, elle était coincée avec un nouveau médecin.

Manifestement, le remplaçant de Sylvia, qui venait de s'établir en ville, n'avait pas le même respect pour l'emploi du temps de ses patientes. Le docteur Joseph Penrose était aussi long à arriver que l'automne à chasser la chaleur estivale. C'était son premier grief contre lui.

Deuxième grief: son nom. Penrose. Jennifer fit la grimace. Elle avait connu une seule personne qui s'appelait ainsi, et ce n'était pas son histoire avec Matt Penrose qui allait lui faire apprécier le patronyme.

L'espace d'un instant, Jennifer s'autorisa à songer au roi du lycée de Lake Grayson, un grand brun aux yeux bleus… Elle se remémora la première fois qu'elle avait vu ce beau gosse de terminale. Au premier regard, elle était tombée amoureuse.

Malheureusement, elle se souvenait aussi, et très clairement, de la dernière fois qu'elle avait vu ce sale serpent. Au dernier regard, elle était tombée des nues. Il s'était révélé pire que tous les garçons qu'elle avait dû supporter depuis que sa poitrine était passée de plate à plantureuse en moins de temps qu'il ne lui en avait fallu pour apprendre à se raser les jambes sans se blesser.

Aucun de ces lycéens niais n'aurait su dire de quelle couleur étaient ses cheveux ou ses yeux, même planté juste en face d'elle, parce que ces andouilles ne regardaient jamais plus haut que sa poitrine. Aucun d'entre eux ne l'avait blessée aussi profondément que Matt.

Dieu merci, toute cette histoire avait eu lieu dans une vie antérieure. Elle n'avait pas vu Matt Penrose depuis ce fameux soir de décembre, quinze ans auparavant. Pendant les vacances de Noël, sa mère, qui n'arrivait pas à joindre les deux bouts dans le Michigan, l'avait emmenée s'installer à Saint Louis, dans le Missouri. Elles avaient déjà déménagé pour suivre des opportunités d'embauche, mais là, pour la première fois, Jennifer était plutôt contente. En vérité, partir à Saint Louis avait été la meilleure chose qui leur soit jamais arrivée, à sa mère et à elle.

Bizarrement, cela faisait des lustres qu'elle n'avait plus songé à son adolescence agitée – et encore moins à Matt Penrose, son premier amour. Elle essaya d'imaginer la tête qu'il aurait aujourd'hui. Voyons, il devait avoir une petite trentaine d'années…

Pour la première fois depuis deux heures, Jennifer sourit. Matt, la coqueluche du lycée, devait commencer à perdre ses cheveux. Et il avait sûrement du bide. Pauvre mec. Il devait toujours être coincé à Lake Grayson, à moins qu'il n'ait dû partir travailler à la chaîne dans l'industrie automobile. Avec la crise, il devait bien galérer, le pauvre. Jennifer haussa les épaules. Elle avait eu la chance de ne pas le revoir, alors pourquoi perdre son temps et son énergie à essayer de l'imaginer ?

Alors qu'elle commençait à se dire que le docteur avait oublié son existence, la porte s'ouvrit. Des effluves d'après-rasage vinrent lui chatouiller les narines, lui rappelant ses dernières vacances sous les tropiques. Crème solaire et corps musclés se faisant dorer dans la chaleur de l'été. *Hum*. Elle inspira profondément, et vit entrer un homme de haute stature.

Le sourire cordial de Jennifer se figea sur ses lèvres. L'homme avait les cheveux bruns et frisés, comme Matt Penrose. Elle en oublia de respirer. Il avait aussi les yeux bleus et rêveurs de Matt. Et le visage de Matt. En avait-elle invoqué une version adulte par le seul pouvoir de son imagination débordante ?

Jennifer secoua la tête pour s'éclaircir les idées, ferma les yeux très fort et les rouvrit. L'homme ressemblait toujours à une version plus âgée de Matt Penrose. Elle finit par poser les yeux sur sa blouse blanche. Pour la première fois de son existence, ou plutôt la deuxième, elle pensa s'évanouir. Ou vomir. Curieusement, les deux malaises avaient pour origine l'homme qui se tenait devant elle.

Malgré le bourdonnement dans ses oreilles, elle entendit la dinde annoncer dans un souffle :

— Docteur Monroe, voici le docteur Joseph Matthew Penrose.

Chapitre 2

Matt Penrose dissimula son agacement devant la présentation ronflante de son assistante. Après une semaine de collaboration avec Whitney Anders, récemment embauchée par Sylvia, il avait vite appris à passer outre à son manque de professionnalisme. Sylvia n'avait certainement pas remarqué cette facette de son assistante. Sans quoi, en femme pleine de bon sens, elle aurait renvoyé aussi sec la jeune écervelée ou l'aurait contrainte à se former en diplomatie féminine.

Matt avait récemment quitté son cabinet, situé dans une zone rurale en périphérie de Conroe, pour venir s'installer à Dallas. Et chaque gloussement de l'assistante lui faisait regretter un peu plus sa décision. S'associer avec Sylvia lui avait semblé une excellente idée quand il avait voulu se rapprocher de ses parents, installés à Plano, en banlieue de Dallas. Mais quand Sylvia reviendrait, il leur faudrait parler sérieusement du cas Whitney Anders. S'il tenait jusque-là sans étrangler l'insupportable jeune femme.

Plus qu'une semaine avant son retour, se dit-il en levant les yeux au ciel lorsque Whitney lui frôla le bras par inadvertance et s'y attarda. Le sein rond pressé sur son biceps lui fit l'effet d'une pierre. Silicone, devina-t-il sans surprise.

L'assistante gloussa.

— Oh pardon, docteur.

Elle émit un petit rire de gorge semblable au gargouillis de la petite fontaine à eau du hall d'entrée. *Une fontaine qui débiterait des flots d'inepties*, se dit-il. Il ne savait pas ce qui l'énervait le plus : son bavardage ou ses airs suffisants.

Il reporta son attention sur sa patiente. Si son assistante ressemblait à une fontaine en ébullition, la femme assise sur la table était un volcan sous-marin sur le point d'entrer en éruption. À l'exception de ses joues marbrées de taches rouges, elle avait le visage livide et s'agrippait aux bords de la table comme si sa vie en dépendait. Jamais il n'avait vu une personne aussi tendue.

— Bonjour, je suis Matt Penrose.

Il sourit aimablement pour apaiser cette patiente visiblement stressée et lui tendit la main.

Elle recula comme s'il venait de brandir un serpent à sonnette. Elle lâcha les bords de la table pour plaquer une main de chaque côté de la blouse en papier trop large pour elle. Elle en serra les pans si fort qu'il entendit le papier se déchirer. Le sourire de Matt se dissipa. Quel était donc son problème ?

Matt recula et sortit de la poche de sa chemise une paire de lunettes cerclées d'or. Il les mettait toujours lorsqu'il désirait se donner des airs de sollicitude paternelle. Elles lui donnaient l'air plus âgé, plus sage. Du moins, c'était ce que Patricia lui disait. Et sa sœur avait toujours été de bon conseil en matière d'apparences. Vu l'état de panique de sa patiente, il espérait que le coup des lunettes fonctionnerait.

Mais, en la regardant de plus près, il comprit que même s'il se changeait en Bisounours, il aurait du mal à convaincre cette femme qu'il n'était pas un danger pour elle.

— Tout va bien, docteur Monroe ? s'inquiéta-t-il.

Elle hocha la tête d'un geste mécanique, comme une marionnette. Avec ses pupilles dilatées, elle lui rappelait ces enfants de dessin animé, ceux qui ont une grosse tête et d'immenses yeux ronds emplis de larmes, et qui serrent dans leurs bras des chatons à l'air tout aussi affligé.

Matt fronça les sourcils. Cette femme avait un problème. De toute sa carrière, jamais il n'avait rencontré une personne terrorisée à ce point à la perspective d'un banal examen gynécologique. Bien sûr, certaines étaient légèrement crispées ou inquiètes, mais aucune n'avait véritablement peur de lui.

Il tira un tabouret à pivot et s'assit devant elle. Embarrassé, il essaya de se montrer aussi neutre que possible :

— D'après votre dossier, docteur Monroe, le docteur Haddad vous suit depuis quatre ans ?

Il marqua une pause, attendant une réponse. Face à son silence, il fronça les sourcils. Sa posture défensive et hostile ne s'était pas détendue depuis qu'il était entré dans la pièce. Elle s'était même accentuée.

Matt, qui n'était pas homme à abandonner si facilement, tenta de lancer la conversation ; mais même d'inoffensives réflexions sur la météo, fort clémente pour un mois d'octobre, ne parvinrent à entamer l'angoisse de sa patiente.

— J'ai cru comprendre que vous étiez psychologue, docteur Monroe.

Il s'efforça de prendre une voix aussi apaisante que possible.

Elle fit un mouvement brusque de la tête. Elle n'avait pas cillé depuis son entrée dans la pièce, remarqua-t-il, scrutant les superbes iris gris pâle qui entouraient ses immenses pupilles dilatées. Il fronça les sourcils et regarda de plus près. Ces yeux. Il les connaissait. Il ôta les fausses lunettes et regarda de nouveau.

— Nous sommes-nous déjà rencontrés ? demanda-t-il en la dévisageant, la tête penchée sur le côté.

Il tapota la branche de ses lunettes contre ses dents blanches et régulières.

Les yeux gris de sa patiente s'élargirent encore. Ses pupilles se dilatèrent jusqu'à faire disparaître la prunelle. Elle ressemblait à une biche prise dans les phares d'une voiture.

Jennifer fit « non » de la tête, si vivement que ses cheveux blond cendré, courts et raides, se dressèrent sur son crâne. Elle aurait souhaité pouvoir ramper dans un trou et disparaître. Chaque centimètre carré de sa peau, nue sous la fine blouse de papier, semblait se consumer de honte. Elle n'avait qu'une idée en tête : sortir d'ici avant que Matt ne la reconnaisse.

— C'est bizarre. Vous me rappelez quelqu'un.

Il faut que je dise quelque chose, songea Jennifer, terrifiée à l'idée qu'il se souvienne brusquement d'elle. *Je n'ai qu'à leur demander, à lui et à sa dinde d'assistante, de quitter la pièce pour que je puisse me rhabiller.*

Mais elle tremblait à l'idée d'avouer qu'il avait raison. Qu'ils se connaissaient, et même très bien. Son premier baiser, c'était de lui qu'elle l'avait reçu, de ces lèvres bien dessinées qui, à présent, étaient pincées en un rictus pensif tandis qu'il l'observait. De ces lèvres qui étaient encore plus tentantes, plus séduisantes, que lorsqu'elle avait quatorze ans.

Prise d'un spasme nerveux, elle déchira un peu plus le papier serré entre ses poings. Le bruit lui parut incroyablement fort dans la pièce silencieuse. Jennifer remarqua que l'assistante la regardait d'un air amusé et condescendant. Elle grogna intérieurement, et son regard glissa vers son tailleur gris anthracite, soigneusement accroché à une patère dans un coin de la pièce. L'espace d'un instant, elle envisagea de sauter de la table, d'attraper ses vêtements et de tenter une course folle vers la liberté.

Mais elle imagina aussitôt les gros titres : « Une psychologue de Dallas divague en tenue d'Ève dans les couloirs d'un immeuble. »

Matt fit un mouvement de la tête : il était persuadé de connaître cette femme. Mais il ne parvenait pas à la situer, ni à comprendre pourquoi elle avait peur de lui. Il remit ses lunettes et décida de faire comme si de rien n'était. Après tout, c'était une psychologue expérimentée, elle devait donc être en mesure de contrôler ses angoisses.

— Bien, dites-moi, docteur Monroe, avez-vous eu des soucis depuis votre dernier examen ?

De nouveau, Jennifer fit « non », si fort qu'elle crut se faire un torticolis. Elle ne parvenait plus à parler. Elle se sentait comme piégée dans un film d'horreur, au moment où le psychopathe à la tronçonneuse poursuit la femme à forte poitrine qui, bien sûr, glisse et se tord la cheville. Et, comme toujours dans ce genre de film, la victime a si peur qu'elle n'a plus de voix pour crier. Jennifer se sentit humiliée de se retrouver dans le même panier qu'une mauviette incapable de foutre un coup de pied dans les bijoux de famille d'un taré de série B.

Pourquoi Matt Penrose n'avait-il pas eu le bon goût d'avoir du bide ? se lamenta-t-elle en son for intérieur. Elle parcourut rapidement son corps du regard. Pas même un petit peu de ventre, constata-t-elle, dépitée. Ni de calvitie. Elle l'aurait reconnu n'importe où. Il n'avait pas changé d'un trait. Non, ce n'était pas tout à fait vrai. Il avait mûri. Ses muscles étaient plus puissants, et quelques rides donnaient du caractère à son visage. C'était malheureux, mais il n'avait fait que devenir plus beau, plus attirant. Heureusement pour elle, il ne l'avait pas reconnue.

Elle redoutait tellement qu'il se souvienne d'elle et de ce désastreux bal de Noël, qu'elle ne songea pas à s'offusquer de l'avoir apparemment si peu marqué. Jennifer se sentait aussi peu sûre d'elle qu'à l'adolescence. *Ressaisis-toi,* s'exhorta-t-elle, *dis quelque chose !* Sans quoi, dans moins d'une minute, elle allait se retrouver sur le dos, les pieds dans les étriers. Et plus honteuse que jamais. Elle ne pouvait le laisser continuer.

— Examinez-vous votre poitrine régulièrement ? demanda-t-il en lisant son dossier.

— Quoi ? croassa Jennifer.

Il sourit d'un air rassurant.

— Jetons-y un œil, si vous voulez bien.

Quand il se leva, elle retrouva enfin sa voix.

— N'y jetons rien !

Son quasi-hurlement l'arrêta net.

— Enfin, docteur Monroe, en tant que médecin, vous comprenez l'importance de ces examens, n'est-ce pas ?

— Évidemment, bafouilla-t-elle.

Elle sentait qu'elle allait bientôt se liquéfier de honte et dégouliner sur les mocassins de cuir bien cirés de Matt. Elle avait tellement chaud qu'elle se sentait fondre pour de vrai, consciente d'avoir rougi jusqu'à la racine des cheveux.

— Alors, où est le problème ?

Il sourit patiemment, se rassit et se mit à se balancer doucement d'avant en arrière, comme s'il avait tout son temps.

— Le problème ? répéta Jennifer d'une voix sourde, jetant un coup d'œil à l'assistante qui semblait captivée par la scène.

— Oui. Le problème. Même la pudeur ne devrait pas vous empêcher de procéder aux examens médicaux dont vous avez besoin. Vous n'êtes pas d'accord ?

Réticente, elle acquiesça. Son cerveau était si englué qu'elle ne pouvait imaginer un moyen de se sortir de ce cauchemar surgi du passé. Quand il se releva, elle recula sur la table pour se retrouver littéralement dos au mur.

— Non ! cria-t-elle.

— Doucement, docteur Monroe. Jennifer, essayez de vous détendre. Respirez un bon coup et calmez-vous. Nous allons en parler.

— Nous n'allons parler de rien du tout, répliqua Jennifer entre ses dents.

Follement, elle parcourut la pièce des yeux en quête d'une échappatoire. Enfin, elle dit la première chose qui lui vint à l'esprit :

— Il faut que j'aille aux toilettes.

— Très bien. Je vais vous donner quelques minutes pour vous remettre, dit-il en lui jetant un regard suspicieux.

Il se retourna et ouvrit la porte. L'assistante le précéda à l'extérieur. Il referma doucement derrière lui. Aussitôt, Jennifer entendit un éclat de rire dans le couloir. Nul besoin de voir la scène pour deviner que la dinde se délectait de cette situation.

Pleine d'amertume, elle descendit de la table et arracha sa blouse. Si seulement elle avait pu se mettre un sac sur la tête pour que personne ne la reconnaisse pendant son évasion. Elle ne pourrait jamais plus revenir ici. Tant pis. Elle aimait bien Sylvia Haddad, mais elle ne pourrait plus être à l'aise avec elle en sachant que Matt Penrose se trouvait dans le bâtiment.

Quand la secrétaire de Sylvia l'avait appelée pour la prévenir qu'un autre médecin allait l'examiner, un gynécologue-obstétricien de bonne réputation qui venait de s'associer avec Sylvia, Jennifer ne s'était pas méfiée.

Dommage que je n'aie pas deviné que le docteur Joseph Penrose fraîchement arrivé de Conroe était mon Matt Penrose, se dit-elle. *J'aurais pu m'éviter ce cauchemar.*

En hâte, Jennifer chiffonna sa blouse et la jeta dans la corbeille, comme si elle lui brûlait les doigts. Elle battit tous les records de vitesse pour s'habiller, bien décidée à s'évader avant que ce sale serpent de médecin et sa dinde gloussante ne reviennent. Elle ne prit même pas le temps d'enfiler ses fins collants noirs. Elle les envoya rejoindre la blouse, mais ne remarqua pas qu'un des pieds de nylon était resté accroché au bord de la poubelle.

Elle mit son sac à main en bandoulière et colla une oreille à la porte, l'espace de quelques battements de cœur. Puis, avec précaution, elle ouvrit. Un rapide coup d'œil dans le petit vestibule : la dinde était occupée à peser une femme enceinte jusqu'aux yeux.

Matt n'était pas en vue, mais elle entendait le doux ronronnement de sa voix. Il devait se trouver dans une autre salle d'examen et pouvait surgir à tout moment.

Jennifer ne perdit pas de temps. Elle quitta la pièce et se glissa sur la pointe des pieds vers la porte qui donnait sur la réception. *Oh non,* se dit-elle en avisant le comptoir, où elle devait payer avant de partir. La secrétaire était assise derrière, au téléphone.

Deux options s'offraient à elle : ramper et s'enfuir discrètement, ou y aller au culot. Jennifer prit une grande inspiration, se dressa sur toute la hauteur de son mètre soixante et s'avança à grands pas vers le comptoir. Avec un grand sourire, elle improvisa :

— On vient de m'appeler pour une urgence. Désolée, mais je ne peux pas rester plus longtemps. S'il y a une facture, envoyez-la à mon bureau, je ferai en sorte qu'elle soit réglée. Merci beaucoup.

Elle s'apprêtait à sortir quand la secrétaire s'écria :

— Docteur Monroe ? Attendez ! Vous ne pouvez pas partir comme ça !

— Bien sûr que si. Vous n'avez pas le droit de me retenir ici, répliqua-t-elle en serrant les dents.

La lanière de son sac bien serrée dans une main, sa veste grise dans l'autre, elle se dirigea vers la porte.

— Non, madame. Non, bien sûr. Mais attendez !

— Faites comme j'ai dit, ordonna-t-elle sèchement.

Elle refusait de rester une minute de plus dans cet endroit, de peur que Matt ne vienne voir ce qui causait tout ce bruit. Elle avait eu assez d'ennuis pour la matinée. Encore une complication et elle devrait suivre une psychothérapie pour s'en remettre, songea-t-elle en ouvrant vivement la porte.

— Mais, docteur ! cria la secrétaire. Attendez…

— Je dois y aller.

Jennifer se rua par la porte ouverte et la claqua derrière elle.

Triomphante, elle traversa le couloir au pas de charge, le dos bien droit, l'étiquette blanche de son chemisier – enfilé à l'envers – bien en vue.

Elle ne ralentit l'allure qu'une fois arrivée à sa voiture. Elle prit une grande inspiration, s'emplit les poumons de l'air doux et tiède du mois d'octobre, et se glissa au volant de sa Lexus beige métallisé.

Matt Penrose aperçut le petit bout de nylon qui dépassait de la poubelle. Il tira dessus et sortit une paire de fins collants noirs, qu'il étudia avec attention. Jennifer Monroe avait beau être cinglée, elle avait bon goût en matière de lingerie. Elle était si pressée de partir qu'elle avait préféré jeter ses beaux collants, devina-t-il, plutôt que d'essayer de les enfiler en vitesse.

Matt huma l'air de la pièce. *Beautiful*, d'Estée Lauder. Le même que sa sœur. Bon goût en matière de parfum également. Il secoua la tête, incrédule. Il avait du mal à croire que cette femme ait une si bonne réputation de psychologue de famille. S'il y avait un médecin qui avait besoin de se faire soigner, c'était bien elle. Elle souffrait de complexes graves, probablement de nature sexuelle. Mais ses problèmes personnels ne devaient pas l'empêcher de passer son examen annuel.

Il pensa tout d'abord laisser simplement un message à Sylvia pour lui signaler l'incident, mais sa conscience professionnelle ne lui permettait pas de s'en tirer si facilement. Et puis, il était un peu gêné d'avouer à son associée qu'une cliente terrorisée s'était enfuie du cabinet. Sylvia n'avait pas changé depuis la fac de médecine : elle n'allait pas hésiter à lui passer un savon.

—Appelez le cabinet du docteur Monroe et laissez-lui un message pour qu'elle me rappelle, s'il vous plaît, dit-il à l'assistante en prenant soin de dissimuler son dépit.

— J'ai déjà entendu parler de femmes qui avaient peur des gynécos, mais je croyais qu'il s'agissait de gens comme ma mère. Tous les ans, je dois la forcer à prendre rendez-vous. Maman a presque quarante ans. À son âge, on pourrait croire qu'elle a dépassé ça, vous ne croyez pas ?

Matt serra les dents devant l'indélicatesse de son assistante. Cette femme était insupportable. Mais puisque Mlle Anders semblait croire que quiconque ayant dépassé trente-cinq ans n'était plus bon qu'à sucrer les fraises, il se demanda s'il ne ferait pas mieux de lui dire qu'il franchirait bientôt lui-même ce cap fatidique.

Énervé, il cessa d'écouter ses jacasseries et songea à sa patiente en cavale. Il était bien décidé à convaincre Jennifer Monroe qu'une fausse pudeur ne devait pas s'interposer entre une femme et sa santé. Si c'était bien cela qui clochait chez elle.

Machinalement, il fit tourner entre ses doigts le collant soyeux. Il avait du mal à croire qu'une femme puisse réagir comme cela, de nos jours. Elle ne pensait tout de même pas qu'il y avait quoi que ce soit de sexuel dans un examen gynécologique ?

En haussant les épaules, il fourra le collant dans la poche de sa blouse et partit s'occuper de la patiente suivante. Si c'était ce qu'elle pensait, il n'aurait qu'à lui prouver le contraire.

La main de Jennifer tremblait tellement qu'elle ne parvenait pas à insérer la clé dans le contact. Elle posa le front sur le volant, inspira un bon coup et réessaya, cette fois avec succès.

Une fois en route, elle mit la climatisation. Le souffle d'air froid rafraîchit ses joues brûlantes. Mais pourquoi diable s'était-elle comportée de la sorte ?

Comment le seul homme au monde qu'elle ne voulait plus jamais voir avait-il pu devenir le nouvel associé de Sylvia ? Qu'est-ce que Matt pouvait bien faire au Texas alors qu'il vivait dans le Michigan ? Combien y avait-il de risques qu'un truc aussi bizarre lui tombe dessus ? Jennifer n'avait de réponse à aucune de ces questions, et n'était pas sûre d'en vouloir.

En vérité, la présence de Matt au Texas n'était pas plus surprenante que la sienne. Dallas était une des plus grandes villes des États-Unis, en partie grâce aux habitants des campagnes glaciales du nord du pays, qui déménageaient vers des cieux plus cléments. Mais, tout de même, elle aurait pensé avoir plus de chances de gagner au loto que de tomber ainsi sur son premier amour.

Elle conduisait machinalement, s'attirant les foudres des autres conducteurs qui manifestaient leur colère à grands coups de klaxon. Par miracle, elle parvint à atteindre la voie rapide sans causer d'accident. Comme d'habitude, les véhicules se suivaient pare-chocs contre pare-chocs.

— Tu ferais mieux d'arrêter de penser à ce désastre et de te concentrer sur la route, ou tu vas finir encastrée dans un lampadaire, se sermonna-t-elle à voix haute, s'obligeant à relâcher l'accélérateur et à respecter les limitations de vitesse.

Après une matinée pareille, ce n'était pas le moment de cabosser sa Lexus toute neuve par-dessus le marché.

Bon sang ! De toutes les choses qui auraient pu lui arriver aujourd'hui, elle n'aurait jamais imaginé tomber sur Matt Penrose. C'était tellement surréaliste ! Avec un peu de chance et quelques verres de vin, elle arriverait à oublier la honte de ce matin. Alva rigolerait bien en entendant l'histoire. Non, à la réflexion, Jennifer ne lui raconterait pas. La blessure était trop fraîche.

Sur le chemin de son cabinet, l'incident continua à se rejouer dans sa tête comme une vidéo tournant en boucle sur YouTube. Avec un soupir de soulagement, elle se gara derrière le bâtiment aux vitres noires où étaient installés ses bureaux.

Attrapant prestement sa veste et son sac à main sur le siège passager, elle ouvrit le coffre et y récupéra sa mallette de cuir noir. Puis elle entra et traversa le hall à la hâte, pressée de retrouver la sécurité familière de son bureau.

En traversant le rez-de-chaussée au sol dallé de marbre, elle remarqua que le vigile la regardait, ainsi que deux hommes qui discutaient non loin de la porte à tambour. En fait, chaque personne qu'elle croisait semblait l'observer.

En sortant de l'ascenseur, elle commençait à croire que son expérience humiliante était inscrite en lettres rouges sur son front. Jamais on ne l'avait autant dévisagée. Elle était sûre d'entendre un rire étouffé chaque fois qu'elle croisait quelqu'un. Qu'est-ce qu'ils avaient donc tous ?

C'étaient peut-être ses cheveux. Machinalement, elle leva la main pour remettre en ordre les courtes mèches ébouriffées. Elle devait être complètement décoiffée. Elle n'avait pas eu le temps de se peigner pour retrouver la coiffure neutre, presque sévère, qu'elle portait habituellement. Elle s'était trop précipitée. C'était la première fois qu'elle remarquait la distance qui séparait l'ascenseur de son bureau, mais elle finit tout de même par en franchir le seuil.

— Bonjour, Cathy.

Elle tenta de sourire à sa secrétaire, comme un jour ordinaire. Elle posa sa mallette à côté du bureau.

La femme aux allures de matrone, qui travaillait pour elle depuis qu'elle s'était établie, lui rendit son sourire.

— Votre courrier est sur votre bureau, et je viens de faire du café. Voulez-vous que…

Elle s'interrompit et fronça les sourcils.

Cathy Zelig fit glisser ses lunettes de lecture au bout de son nez et scruta Jennifer de haut en bas.

— Jen, savez-vous que votre chemisier est à l'envers ?

— Quoi ?

Jennifer laissa tomber sa veste et son sac à main, et se tourna vers le miroir au cadre doré fixé au mur derrière elle.

— Oh, non !

Cette fois, l'humiliation était totale.

La sonnerie feutrée du téléphone l'interrompit dans sa déconfiture.

— Cabinet du docteur Monroe, j'écoute.

Le visage ordinairement jovial de Cathy s'assombrit.

— Un instant, je vais voir si elle est arrivée.

Cathy pressa la touche de mise en attente.

— C'est le docteur Penrose. Sa secrétaire a déjà appelé tout à l'heure. Maintenant, c'est lui en personne.

— Non ! Oh, non !

Jennifer recula devant le combiné que Cathy lui tendait.

— Je ne suis pas là.

Faisant fermement « non » de la tête, elle ramassa son sac et sa veste et amorça une retraite.

— Jen, qu'est-ce qui ne va pas ? Je ne vous ai jamais vue dans un état pareil.

— Rien. Ça va. Je serai dans mon bureau tout l'après-midi. Sauf pour lui. Dites-lui... dites-lui que j'ai eu une urgence.

Elle tourna les talons et se dirigea précipitamment vers son bureau.

— Mais Jen, quel genre d'urgence ?

— Je ne sais pas. N'importe quoi. Une réunion. Un problème familial. Peu importe. Improvisez.

Elle ignora le marmonnement inquiet de sa secrétaire et claqua derrière elle l'épaisse porte de noyer qui fermait son bureau.

Jennifer s'appuya contre le panneau de bois et ferma les yeux. Un soupir, ou plutôt un grognement, s'échappa de ses lèvres serrées. Pourquoi la poursuivait-il ? Ne voyait-il pas qu'elle ne voulait plus rien avoir à faire avec lui ?

Au bout d'une minute, elle se raffermit. *Tu te conduis comme une enfant*, se morigéna-t-elle en silence. *Ressaisis-toi, ma fille.*

Relevant la tête, elle se décolla de la porte et entra dans son petit cabinet de toilette. Elle passa sa veste à un cintre qu'elle suspendit avec son sac au crochet fixé au mur.

Devant le miroir, elle s'adressa à son reflet :

— Tu t'es comportée comme une andouille, Jennifer Louise Thornhill Monroe. Tu te rends compte de ce qu'il doit penser de toi ?

Oh, et puis, après tout, elle s'en fichait. Elle avait été amoureuse de lui. Un béguin d'adolescente, avait diagnostiqué sa mère. Mais Jennifer, particulièrement mûre pour son âge, savait que ses sentiments étaient bien plus profonds. Matt lui avait parlé comme à une vraie personne, pas une paire de seins sur pattes. Voilà pourquoi sa trahison du bal de Noël l'avait tant blessée.

Jennifer refoula ses larmes et pria pour que ce souvenir disparaisse à jamais. En se voyant dans le miroir comme l'avaient vue Cathy, le vigile et la secrétaire de Sylvia Haddad, elle partit d'un rire nerveux. Le gloussement qu'elle laissa échapper lui rappela l'assistante de Matt. Où Sylvia avait-elle bien pu trouver cette dinde ? Et pourquoi ne l'avait-elle pas encore virée ?

Un gloussement en entraîna un autre, puis Jennifer se prit à rire comme une hystérique en pensant à l'image qu'elle avait dû donner, les mains crispées sur sa blouse de papier, essayant d'échapper à un docteur Penrose tout sérieux, avec ses beaux yeux bleus.

Elle riait si fort qu'elle dut s'asseoir sur la cuvette des toilettes et essuyer ses larmes. Enfin, avec un profond soupir, elle ôta son chemisier de soie grise et le remit à l'endroit.

Quelques instants plus tard, le miroir lui renvoyait son image habituelle, celle d'une femme sérieuse et pondérée. Elle écarta quelques mèches de cheveux de son visage, qui avait repris une couleur normale, puis les aspergea d'un léger voile de laque.

En quelques minutes, elle avait retrouvé son allure professionnelle. *Voilà qui est mieux*, se dit-elle. Elle se sentait de nouveau en pleine possession de ses moyens. Ellc étudia son reflet. Elle avait l'air parfaitement calme. Finie, la crise d'hystérie.

Après une tasse de café et un sandwich, tout rentrerait dans l'ordre, se rassura-t-elle. La faim avait certainement affecté son jugement. Elle n'avait pas pris de petit déjeuner, sachant qu'elle devait manger tôt avec Alva.

Alva ! Bon Dieu ! Elle avait complètement oublié son amie.

Jennifer regarda sa montre et grimaça. Elle avait une heure de retard. Elle repêcha son portable dans son sac et appela Alva, mais tomba sur sa messagerie. Le téléphone de son bureau sonna.

— Oui, Cathy ?

— Alva a appelé un peu plus tôt. Je lui ai dit que vous deviez être en retard à cause de votre rendez-vous chez le médecin. Elle a dit qu'elle remettait à une autre fois, et que ce serait à vous de payer l'addition pour vous faire pardonner de lui avoir posé un lapin.

Jennifer sourit.

— Si c'est là mon seul châtiment, je suppose que je m'en tire bien.

Cathy éclata de rire.

— Ça va mieux, Jen ?

— Ça ira encore mieux quand j'aurai mangé quelque chose. Pourriez-vous me commander un sandwich club au grill d'en bas ? Et un Coca, s'il vous plaît. Un peu de sucre et de caféine, c'est exactement ce qu'il me faut.

— Qu'est-ce qui vous est arrivé, ce matin ?

— Oh, rien du tout. J'en ai juste eu assez d'attendre, mentit Jennifer. Prévenez-moi quand mon repas sera là.

— Très bien. Mais, Jen, le docteur Penrose avait l'air très inquiet. Vous ne pensez pas que vous devriez l'appeler ? Il a laissé tous ses numéros de téléphone au cas où vous voudriez le joindre personnellement.

— Ce ne sera pas nécessaire, Cathy. Vous pouvez jeter les numéros.

Elle raccrocha et ouvrit le dossier de son rendez-vous de l'après-midi, décidée à oublier les péripéties de la matinée.

Avec un peu de chance, elle parviendrait à enterrer l'incident dans le coin poussiéreux de son esprit où elle avait relégué les souvenirs de son adolescence compliquée.

Elle ne l'avait pas vu depuis quinze ans. Dallas était une grande ville. Il pouvait se passer encore quinze ans avant qu'elle le revoie.

Chapitre 3

Deux jours plus tard, Jennifer trouva une bonne raison à la réapparition de Matt dans son existence. Cela tenait en un seul mot : le Destin. *C'est la seule explication*, songeait-elle, dissimulée derrière un grand palmier en pot dans un coin de la salle de bal de l'*Hôtel Renaissance*. Quelque mystérieuse force cosmique avait dû décréter qu'elle avait besoin d'un peu d'adversité dans sa vie. Sinon, comment expliquer qu'elle soit de nouveau tombée sur lui, ce soir-là ?

Pendant deux jours, elle avait ignoré ses appels et fait de son mieux pour l'écarter de ses pensées ; ce qui était loin d'être évident, puisqu'il semblait avoir choisi « obstination » comme spécialité en faculté de médecine.

Jennifer écarta les branches de son palmier pour avoir une meilleure vue sur lui et sur la blonde anorexique qui le couvait jalousement des yeux. Fort heureusement, il était déjà très occupé à lui parler au moment où Jennifer l'avait aperçu.

D'une certaine façon, se dit-elle, il était injuste qu'elle soit là, à se cacher derrière une plante verte, alors qu'il était la raison même pour laquelle elle était venue – sans compter Alva, qui lui avait un peu forcé la main. Son amie, maudite soit-elle, avait presque réussi à la convaincre qu'elle allait s'amuser.

— Allez, Jen, ce gala, c'est l'occasion rêvée d'oublier tes problèmes, avait-elle insisté lorsqu'elles s'étaient enfin retrouvées, quelques heures auparavant, pour ce fameux déjeuner.

— Alva, tu vas arrêter avec ça ? Je n'ai aucun problème. Vraiment.

Jennifer posa sa fourchette, agacée. Elle n'avait pas parlé de Matt à son amie, et n'en avait pas l'intention. Matt était son petit secret.

— Alors, tu es stressée. Ou bien surmenée, je ne sais pas. À toi de voir, c'est toi la psy !

— Continue, et je ne déjeunerai plus jamais avec toi, rétorqua Jennifer en croisant les bras, exaspérée.

Alva trempa une crevette grillée dans un petit pot de beurre clarifié. Comment pouvait-elle manger si gras sans jamais prendre un gramme ?

La jeune femme glissa la crevette dans sa bouche, fermant de plaisir ses yeux bruns et rieurs.

— Jen, chérie, tu t'es regardée dans un miroir dernièrement ? demanda-t-elle lorsqu'elle eut avalé.

— Bien sûr. Il y a une demi-heure, en retouchant mon rouge à lèvres.

— Non, je veux dire vraiment regarder. On dirait que tu ne sais même plus sourire. Tu es beaucoup trop sérieuse. Tu travailles tout le temps. La dernière fois que tu t'es envoyée en l'air, c'était quand ?

— Chut ! (Jennifer jeta un regard autour d'elle.) Et mêle-toi de tes affaires !

— Si tu veux... (Alva baissa la voix.) Mais ce que je veux dire, c'est que tu ne sais plus t'amuser. Tu n'as pas eu un seul rencard depuis des mois. Un peu plus, et il me fallait un mandat d'amener pour te forcer à déjeuner avec moi.

— Tu exagères, comme d'habitude.

Jennifer s'agitait sur sa chaise, mal à l'aise.

— Ah oui ? Alors dites-moi, docteur Monroe, qu'est-ce que vous faites ce soir ? On est samedi, jour de sortie pour les célibataires. Tu as prévu une soirée de folie ?

Jennifer pinça les lèvres et fusilla son amie du regard.

— Alors, on ne dit plus rien, hein ?

Alva se tamponna les lèvres avec sa serviette bleu pâle avant de reprendre :

— Laisse-moi deviner. Tu vas rentrer, faire le ménage, prendre une douche et préparer le dîner. Probablement une salade, peut-être un bol de céréales. Ensuite, tu te changeras pour mettre quelque chose de confortable comme cet ignoble pyjama en pilou que ta mère t'a offert à Noël. Tu vas te faire du pop-corn et te blottir sur le canapé pour regarder un de ces vieux films que tu aimes tant.

— Qu'est-ce qu'il y a de mal à ça ? répliqua Jennifer, un peu gênée.

— Rien, si tu le fais seulement de temps en temps… Mais tous les samedis soir ? Et les vendredis soir ? En fait, tu fais la même chose presque tous les soirs de la semaine.

Jennifer ne répondit rien. Il n'y avait rien à dire, Alva avait raison.

— Quel est le programme de ce soir, Jen ? Laisse-moi deviner. *New York-Miami* ? Non, attends, ne dis rien. Tu vas encore pleurer devant *Casablanca*. Ou peut-être quelque chose d'un peu plus contemporain, comme ce vieux film avec Christopher Reeve, *Quelque part dans le temps* ?

Jennifer repoussa son assiette. Elle avait perdu l'appétit.

— Ce soir, c'est *Les Enchaînés*, si tu veux tout savoir.

— Ah, je l'aime bien celui-là. Cary Grant est trop beau pour être vrai. Je ne lui aurais pas dit « non », à celui-là.

— Bon, alors tu m'autorises à le regarder ? demanda Jennifer d'un ton aigre.

— Non. Jen, tu dois vivre un peu. Tu as abandonné la guerre des sexes avant même que la bataille ait vraiment commencé. Il faut se jeter dans la mêlée et être impitoyable.

— Alva, je ne suis pas comme toi. Les hommes ne se cognent pas dans des poteaux quand ils me croisent dans la rue. Tu sais très bien que je n'aime pas sortir en boîte. Si c'est là que je dois aller pour trouver quelqu'un, je passe mon tour. Et puis je suis trop fatiguée à la fin de la journée pour jouer à ce petit jeu.

— Mais tu ne ressens jamais le besoin d'avoir un homme dans ta vie ? Quelqu'un qui te tiendrait la main dans la rue ou te masserait les pieds après une longue journée ? (Elle sourit d'un air vicieux.) Ou n'importe quelle autre partie de ton corps…

— Bien sûr que si.

— Et qu'est-ce que tu fais quand tu ressens ce besoin ?

— Eh bien, je lis des revues spécialisées, je déplace les meubles... N'importe quoi, tant que ça m'occupe l'esprit.

— Allez, Jen ! Reviens sur terre ! Amuse-toi un peu. Oublie les revues médicales. Lis un roman érotique. Secoue-toi !

— Écoute, si tu essayais de me convaincre d'aller à ce gala, c'est bon, tu as gagné, grommela Jennifer.

Le visage d'Alva s'éclaira. Deux hommes qui passaient par là se rentrèrent dedans, distraits à la vue de la charmante jeune femme. Jennifer ne put s'empêcher de sourire à cette réaction qu'Alva provoquait plus souvent qu'à son tour, avec son visage en cœur et ses traits parfaits, sans parler de la masse de boucles brunes qui tombaient en cascade le long de son dos.

— Super. Ça a été plus facile que prévu.

— Tu es cruelle et mesquine, Alva Hernandez, râla Jennifer.

— Allez, Jen. Ne sois pas mauvaise joueuse. De toute façon, tu devais y aller. Tu soutiens le foyer pour femmes. Bon sang, tu passes presque tous tes mercredis soir là-bas. Si ça peut faire passer la pilule, n'y pense pas comme à un plaisir, ajouta-t-elle d'un ton sarcastique. Considère que ça fait partie du travail.

Jennifer lui fit une grimace.

— Merci bien…

— Hé, je serai avec toi. On va s'amuser. Ça fait des siècles qu'on n'est pas allées à une soirée. Euh, au fait, est-ce que tu comptes porter ce truc gris que tu mets toujours pour les événements officiels ?

Jennifer leva les yeux au ciel.

— Et maintenant, tu t'en prends à mes vêtements… Elle est très bien, cette petite robe en soie grise.

— Mais un peu de teinture rouge ne lui ferait pas de mal, murmura Alva.

— Alva, tu ne voudrais pas attraper une laryngite, des fois ?

— Bon, d'accord. La robe ne serait pas mal du tout si tu ne mettais pas la veste. Mais je ne dis plus rien. Je suis juste contente que tu viennes. Je t'arrangerai même un rendez-vous pour ce soir, si tu veux.

— Oh, non ! Là, c'est la limite à ne pas dépasser. Je te l'ai dit après la Saint-Sylvestre : plus de rendez-vous arrangés !

— Tu m'as dit que Frank Vidor était très gentil, protesta Alva.

— Certes. Une fois que je l'ai fait sortir de la piste de danse. Bon Dieu, Alva, quand tu m'as dit que j'avais rendez-vous avec un athlète professionnel, je n'aurais jamais imaginé quc ce serait un joueur de basket de deux mètres dix. Et qui aimait les slows ! C'était un cauchemar !

— Bon, il était un peu grand.

— « Un peu grand » ? J'avais l'impression d'être un Munchkin dans *Le Magicien d'Oz*. (Elle sourit.) C'est vraiment dommage, il avait un sacré sens de l'humour. Et c'est quelque chose qui me plaît toujours. Si seulement il n'avait pas été si grand…

— Tu es trop difficile, Jen.

Alva s'était alors esclaffée, son rire mélodieux attirant sans doute l'attention de toute personne de sexe masculin présente dans la salle. Puis Jennifer avait vu l'homme qui déjeunait à la table voisine se retourner et donner à Alva son numéro de téléphone après avoir échangé quelques mots.

Jennifer soupira et écarta encore un peu les branches de son palmier. C'était toujours comme ça quand elle sortait avec Alva. Son amie ne semblait jamais avoir de mal à rencontrer des hommes, ni à savoir ce qu'elle allait en faire ensuite. En fait, Alva n'avait jamais de problèmes. Du moins, pas les mêmes que Jennifer.

Pour le moment, le souci numéro un de Jennifer s'appelait Matt Penrose. L'homme semblait avoir assiégé ses pensées. Elle devait se libérer de son emprise. Le long soupir qu'elle poussa fit remuer les feuilles légères du palmier. Il était difficile de le chasser de ses pensées alors qu'il était là, à l'autre bout de la pièce.

Pourquoi n'avait-elle pas suivi son premier instinct en restant à la maison ? À l'heure qu'il était, elle serait bien installée sur son confortable canapé bien rembourré, un grand bol de pop-corn salé posé à côté d'elle. Qu'y aurait-il eu de mal à ça ? Et puis zut. Ce n'était pas juste. Après la semaine qu'elle avait eue, elle méritait de passer du bon temps, comme Alva le lui avait promis. La blonde à côté de Matt avait l'air de bien s'amuser. Elle semblait suspendue à ses lèvres.

Certains hommes ne devraient pas avoir le droit de porter un smoking, maugréa Jennifer en son for intérieur. Il était bien trop séduisant dans son sobre costume noir. En y réfléchissant, il était aussi beau que Cary Grant dans *Les Enchaînés*. Raffiné, élégant, désirable.

Désirable ? Non, sûrement pas ! Qu'est-ce qui te prend, Jennifer Monroe ? Elle ne pouvait pas baver devant le serpent. Si ? Son mal de tête, latent depuis qu'elle avait commencé à s'habiller pour le gala de charité, se réveilla subitement.

Elle avait peut-être besoin d'un autre congé, se dit-elle en massant ses tempes douloureuses. Oui, des vacances sous les tropiques, dans la même station balnéaire que l'été précédent, où elle n'avait que deux choses à faire : s'allonger au soleil en sirotant des margaritas et reluquer les petits animateurs en maillot de bain qui forçaient les vacanciers à participer à des concours stupides. Cette semaine-là, elle n'avait pas eu à se plaindre de maux de tête.

Bien sûr, les coups de téléphone répétés de Matt à son cabinet auraient filé mal au crâne à n'importe qui. Cet homme était insupportable, et rien ne semblait le dissuader d'essayer de lui parler. Jennifer le soupçonnait d'avoir fait de son cas un défi personnel. Même le pire des abrutis aurait saisi le message : elle ne voulait pas qu'il l'examine.

À cet instant, Matt tourna brusquement la tête dans sa direction. Jennifer relâcha les branches et fit un bond en arrière. Les feuilles frémirent dans un léger bruissement. Le cœur battant, Jennifer pria le ciel pour qu'il ne la voie pas. Il ne pouvait pas savoir qu'elle était là. N'est-ce pas ?

Matt Penrose avait immédiatement reconnu la femme qui se dissimulait derrière un palmier en pot de trois mètres de haut dans un coin de la salle. Il n'avait pas encore trouvé le moyen de l'approcher. Il avait déduit de son obstination à ne pas répondre à ses appels qu'elle avait véritablement un problème avec les hommes médecins.

Cela, il pouvait l'accepter. En fait, il lui avait déjà fixé un rendez-vous pour qu'elle puisse voir Sylvia. Il voulait juste lui parler pour l'en informer.

— Matthew, vous m'écoutez ?

La belle blonde à ses côtés fronça les sourcils, mais très légèrement, de peur, sans doute, de creuser des rides sur son front parfait.

— Excusez-moi, Deirdre. Vous parliez de l'Italie ?

Dès qu'elle eut repris son bavardage sur sa recherche d'un ambre parfait pour un pendentif – ou une autre futilité du même genre –, il cessa de l'écouter. Il ne savait même pas pourquoi il avait laissé sa sœur le convaincre de venir. *On devrait pourtant pouvoir soutenir une cause aussi essentielle que le foyer pour femmes sans être obligé de porter un costume de pingouin*, songeait-il en passant un doigt sous son nœud papillon bordeaux.

Il essaya d'étudier Jennifer Monroe sans que celle-ci s'en aperçoive. La pauvre femme était décidément perturbée. Mais comment dire à une psy qu'elle a besoin d'un psy ?

Peut-être devrait-il faire des recherches et dresser une liste des médecins qui pouvaient l'aider. Et quand il la rencontrerait de nouveau, il lui donnerait ces contacts en lui suggérant discrètement de parler à quelqu'un.

Entre-temps, il devait lui dire de revenir au cabinet la semaine suivante pour voir Sylvia. Et ce serait une excellente excuse pour échapper aux jacasseries de Deirdre Machin-Chose, qui lui avait mis le grappin dessus dès qu'il avait posé un pied dans la salle.

— Excusez-moi, Deirdre, mais je viens d'apercevoir une collègue avec qui je dois m'entretenir. Ce fut un plaisir.

Il lui adressa un sourire qu'elle ne lui rendit pas : elle avait l'air passablement dépitée. Il fit signe à l'un des serveurs qui ne cessaient de remplir de champagne les verres des invités.

Jennifer risqua un coup d'œil à travers le feuillage toujours frémissant, et retint sa respiration. Matt avait arrêté un serveur et prenait deux flûtes sur son plateau. Elle resta aux aguets. *Oh, non !* Il venait dans sa direction. Précipitamment, elle lui tourna le dos et fit mine d'être absorbée dans la contemplation du tableau accroché derrière elle.

— Il me semblait bien vous avoir reconnue derrière la verdure.

Jennifer tourna la tête aussi négligemment que le lui permettait son rythme cardiaque.

— Oh, docteur… Penrose, c'était bien ça ?

Matt sourit.

— C'était bien ça, et ça l'est toujours. Tenez. (Il lui tendit un verre.) Vous avez l'air d'avoir soif.

Jennifer, souriante, accepta avec reconnaissance.

— Merci.

Au moins, tenir un verre empêcherait ses mains de trembler.

— Il n'y a pas de quoi.

Matt but à petites gorgées en l'observant par-dessus le bord de sa flûte. Elle semblait bien souffrir d'un blocage. La plupart des femmes présentes étaient vêtues de robes chères qui dévoilaient leurs bras, leurs épaules, leur dos, voire leur poitrine. Mais pas Jennifer Monroe. Elle portait une sorte de tube de soie grise qui frôlait le sol. Par-dessus, elle avait enfilé une veste droite assortie, ornée de plusieurs dizaines de petits boutons.

Il n'y avait rien à redire à cette tenue, se dit-il. Elle ne méritait tout simplement pas qu'on en parle. C'était l'ensemble parfait pour une femme qui ne voulait pas attirer l'attention sur ses attributs féminins.

Jennifer se tourna de nouveau vers le mur, espérant lui faire croire qu'elle s'était retirée dans ce coin pour étudier le tableau, une toile noire maculée d'atroces traînées de peinture à l'huile. Elle pencha la tête de côté. Quand il reprit la parole, elle put déceler de l'amusement dans sa voix :

— Quel est le message de l'artiste, à votre avis ?

Elle ravala un éclat de rire. Ça, c'était de l'art ? Plus que tout, Jennifer avait envie de lui répondre qu'elle avait vu des œuvres plus inspirées à l'école maternelle. Au moins, les peintres de cinq ans et demi mettaient de l'émotion dans leurs travaux.

— Je ne sais pas.

Elle observa un instant le cercle vert moisi, avec le point noir au milieu.

— Qu'en pensez-vous ?

Matt but une gorgée.

— Je dirais qu'il faisait une critique du commerce de l'art en Amérique.

— Vraiment ? demanda Jennifer, impressionnée malgré elle. Qu'est-ce qui vous fait dire ça ?

— Je connais l'artiste. On lui a commandé un tableau à 5 000 dollars. (Il fit un geste de la main.) Celui-ci.

— Non, docteur Penrose !

— Si, docteur Monroe.

Le silence retomba entre eux. Jennifer se surprit à boire son champagne exactement en même temps que lui. Leurs regards se croisèrent un moment. Elle rougit.

— Je ne savais pas que vous souteniez le foyer, docteur Penrose, dit-elle.

Sa voix tremblotait et elle en avait conscience.

— J'ai soutenu un projet similaire à Houston, quand je travaillais du côté de Conroe. Je suis ravi d'y participer. Vous aussi, je suppose.

Elle hocha la tête, espérant qu'il s'en irait avant qu'elle se mette à l'admirer. Sa présence avait une étrange influence sur sa respiration.

Un silence gêné s'installa. Elle chercha un sujet de conversation.

— Et, euh, qu'est-ce qui vous a fait venir à Dallas ?

— Mes parents habitent à Plano, ainsi que ma sœur, Patricia. Mon père a fait un infarctus l'année dernière, alors j'ai préféré me rapprocher.

— Oh, c'est terrible. Est-ce qu'il va mieux, maintenant ?

— Oui, merci. Je pense qu'il va se rétablir complètement. Mais, quand c'est arrivé, je me suis rendu compte que je ne les voyais presque plus depuis quelques années, même si nous n'étions qu'à quelques centaines de kilomètres. Et puis, ils commencent à se faire vieux. Je réfléchissais donc à tout ça quand est survenue une série d'événements que je pourrais qualifier de fortuits et inespérés.

— « Fortuits et inespérés ? » Voilà qui semble intéressant.

Il sourit.

— Eh bien, c'est comme ça que j'ai décidé de voir les choses. Mon cabinet se trouvait près de Conroe, dans un village qui se désertifiait. J'avais choisi d'être un de ces médecins de campagne qui s'occupent de tout, depuis les accouchements jusqu'au fermier blessé par sa vache.

— Mais ce n'est pas du gâchis quand on est spécialisé en obstétrique et gynécologie ?

Il haussa les épaules.

— Ce n'était pas ce que je pensais à l'époque. Je faisais ce que j'avais toujours voulu faire. En fait, mon grand-père était médecin de campagne. Malheureusement, j'ai vite compris qu'avec un métier pareil, on est toujours de garde. Je ne voyais jamais mes parents. La seule chose qui m'ait poussé à rester si longtemps, c'est que je ne voulais pas laisser le village complètement démuni.

— Mais Conroe doit avoir un bon hôpital, et Houston n'est pas très loin, non ?

— Bien sûr, mais même Conroe peut sembler très loin à un fermier de quatre-vingts ans dans une camionnette à trois vitesses presque aussi vieille que lui.

Elle acquiesça.

— Je n'avais pas vu le problème sous cet angle. Et comment avez-vous trouvé le moyen de partir ?

— Ça été plus simple que prévu. L'État a fait construire une nouvelle clinique à la sortie du village, avec pour personnel des gens qui cherchaient à échapper aux grandes villes. La décision a été difficile, mais j'ai rejeté une proposition d'embauche. Sylvia et moi étions bons amis à la faculté de médecine, et nous sommes restés en contact. Nous avions souvent évoqué l'idée de nous associer. Elle est mariée et a besoin de plus de temps libre. Alors j'ai fini par me dire « *just do it* », comme dans la pub.

Jennifer aurait préféré ne pas tant admirer son courage.

— Ce n'est pas facile d'oser un tel changement. Vous avez des regrets ?

— Un seul.

— Lequel ?

— J'ai fait fuir l'une des patientes de Sylvia.

— Oh, je suis sûre que ce n'est pas vrai. (Jennifer avait peur dc ce qui allait suivre.) Enfin, ce fut un vrai plaisir de vous revoir, dit-elle en commençant doucement à s'éloigner.

— J'en suis ravi, docteur Monroe. D'autant plus que je n'ai pas arrêté d'essayer de vous joindre depuis votre départ, disons, précipité, de l'autre jour.

— Je m'en excuse, j'ai eu une semaine très chargée. Je n'ai pas eu un moment de libre pour vous rappeler. (En vérité, ses rendez-vous de la semaine avaient été moins nombreux que d'ordinaire.) Maintenant, pardonnez-moi, mais il faut que j'aille retrouver une amie.

Désespérée, Jennifer chercha Alva du regard.

— Il faut qu'on parle sérieusement, docteur Monroe.

Jennifer remarqua les petites pattes d'oie au coin de ses yeux lorsqu'il souriait.

— Oh non, je ne veux pas vous retenir plus longtemps, vous êtes accompagné.

Il fit « non » de la tête.

— Je suis venu seul.

— Mais la femme blonde avec qui vous parliez tout à l'heure ?

La voix de Jennifer se brisa. Oups. Elle se sentit rougir.

— Oh, alors vous m'aviez déjà vu dans la soirée ! (Il sourit.) Je l'ai rencontrée en arrivant ici. Je n'ai pas d'attaches. Et vous ?

Jennifer envisagea de mentir, puis se dit que ce serait peu prudent vu son manque de chance du moment.

— Moi non plus.

— Ça m'étonne. Et si nous cherchions un coin tranquille où nous pourrions discuter ?

Il la prit par le bras.

— Euh, je crois qu'il faut que j'aille me rafraîchir un peu avant, dit-elle.

— Docteur Monroe... Vous n'êtes pas en train d'essayer de m'échapper une nouvelle fois, n'est-ce pas ?

— Non, bien sûr que non, répliqua-t-elle, indignée. Je peux bien attendre un peu pour me repoudrer le nez, grommela-t-elle en se laissant guider vers l'une des petites tables installées à côté de la piste de danse.

Matt tira une chaise et resta debout derrière elle pendant qu'elle s'asseyait. Il l'observa un court instant. Il avait du mal à croire qu'une psychologue de sa réputation puisse souffrir de telles inhibitions sexuelles. Mais comment expliquer autrement son comportement aberrant ? Il tira l'autre chaise et s'assit près d'elle.

— Docteur Monroe, soyons francs l'un envers l'autre. Je pense savoir quel est votre problème.

— Vraiment ? demanda Jennifer d'une voix éteinte.

Il se souvenait d'elle !

— Oui. Il n'y a pas de quoi avoir honte, beaucoup d'autres femmes sont dans votre cas. Je suis sûr que vous pourriez me donner des chiffres. Mais le fait est que je veux vous aider.

Mais de quoi parle-t-il, enfin ? s'interrogea-t-elle, soulagée qu'il ne se soit pas souvenu du lycée.

— Vous savez mieux que personne qu'il faut d'abord admettre que l'on a un problème avant de pouvoir se faire aider. Ce n'est pas vrai ?

Prudente, Jennifer hocha la tête, attendant la suite.

— Bon, je veux que vous gardiez en tête que je suis médecin. Je m'inquiète pour votre santé, rien d'autre. Si vous faites des blocages d'ordre sexuel lors des examens médicaux, vous devez en parler avec un professionnel.

— Quoi ?

Jennifer se raidit, comme frappée par la foudre, abasourdie par ce qu'elle venait d'entendre.

— Il n'y a pas de quoi avoir honte, répéta-t-il. Si vous êtes extrêmement pudique ou que vous avez des complexes qui font que vous ne voulez pas d'un homme comme médecin, ça ne me pose pas de problème. Ce qui est important, c'est que vous ne négligiez pas votre santé pour autant.

Jennifer lui aurait volontiers jeté son champagne à la figure, si elle ne l'avait pas déjà bu.

— Mais de quoi parlez-vous ?

— De la raison pour laquelle vous vous êtes enfuie l'autre jour. Vous pouvez jouer franc jeu avec moi.

— Je ne me suis pas enfuie, mentit-elle. J'avais, euh… des rendez-vous. Je ne pouvais pas vous attendre plus longtemps.

Elle voyait bien dans ses yeux qu'il n'en croyait pas un mot.

— C'est vrai, insista-t-elle, les joues aussi brûlantes que si elle avait pris le coup de soleil du siècle.

Comment osait-il ! Elle se leva.

— Docteur Penrose, je suis une psychologue respectée. Je n'en suis pas arrivée là en racontant des mensonges. Et je ne suis pas une vieille fille coincée.

— Écoutez, docteur Monroe… Jennifer. Au risque de vous offenser, laissez-moi vous dire que votre attitude, vos vêtements, et même cette coiffure si stricte, disent le contraire.

— Mais qu'est-ce que vous racontez ?

Elle croisa fermement les bras pour se retenir de gifler son visage condescendant.

— Regardez-vous, debout, les bras croisés… Tout votre corps ne dit qu'une chose : « Ne me touchez pas ! »

Jennifer décroisa les bras. Elle resta debout, figée, et serra les poings. Entre ses dents, elle persifla :

— Donc, d'après vous, une coiffure sobre est un indice de frigidité ? Et préférer un ensemble classique à une robe de cocktail sans bretelles montre à tout le monde que je suis sexuellement inhibée ?

— C'est vous qui le dites.

S'il s'était montré dédaigneux, s'il avait ne serait-ce qu'esquissé le moindre sourire, elle lui aurait arraché les yeux. Mais il la regardait avec l'air sérieux de quelqu'un qui se faisait du souci pour elle. Pour elle en tant que patiente ! Il n'avait pas la moindre idée de qui elle était, et elle en était outrée autant que soulagée.

— Jennifer, s'il vous plaît, ne le prenez pas mal. Je voulais juste vous dire que j'avais reporté votre rendez-vous pour que vous puissiez voir

Sylvia à son retour. Et je voudrais que vous pensiez sérieusement à vous faire aider. En tant que psy, vous seriez la première à conseiller à une femme souffrant du même problème d'en parler à quelqu'un.

Ooooh! Il la voyait donc vraiment comme une vieille fille frigide qui avait si peur des hommes qu'elle ne pouvait même pas se soumettre à un examen médical ? Jennifer serra les dents. Elle allait lui montrer à quel point il se trompait. Les mains tremblantes, elle commença à défaire les petits boutons de sa veste grise.

Enfin, triomphante, elle l'ôta d'un coup sec. La veste à la main, elle lui fit face, sa poitrine plantureuse se soulevant au rythme de sa respiration sous le bustier de sa robe sans bretelles.

Si elle n'avait pas été si en colère, elle aurait ri de son air stupéfait.

— Et que diriez-vous de prendre votre psychanalyse et de… (Elle ne parvint pas à trouver quelque chose d'original.) … de vous la mettre où je pense ?

Elle se retourna brusquement, puis le regarda et ajouta d'une voix sifflante :

— Et au fait, docteur Penrose, vous n'êtes pas mon médecin. Alors laissez tomber.

Matt la regarda s'éloigner au pas de charge. Mais, pour la première fois, il la voyait comme un homme voit une femme. La veste grise dissimulait un corps voluptueux, avec des rondeurs juste là où il fallait. Et quel corps ! Jamais il ne l'aurait imaginée comme ça ! Il se souvint du collant transparent qu'elle avait abandonné dans son cabinet. Comme beaucoup d'hommes, il raffolait de ce genre de lingerie. Il aimait surtout les enlever. Portait-elle ce soir une autre paire de collants fins ?

Elle n'était pas sa patiente ? Tant mieux. Un sourire se dessina sur son visage. Peut-être était-il allé trop loin. En tout cas, elle avait l'air de le penser. Mais alors, comment expliquer sa réaction de l'autre jour ? Jennifer Monroe était une énigme. Une énigme qu'il se ferait un plaisir d'élucider. Et elle n'était pas sa patiente, comme elle le lui avait sèchement fait remarquer. Son sourire se fit plus franc. Il fallait absolument qu'elle revienne lui parler. Vu son état d'énervement, il avait plus de risques de finir étranglé par cette veste qu'elle tordait dans ses mains que de lui parler s'il tentait de l'approcher à moins de quinze mètres durant la soirée.

Matt se leva et la suivit discrètement tandis qu'elle traversait la salle en s'arrêtant de temps à autre pour saluer des connaissances. Quand enfin elle s'arrêta à côté d'une femme incroyablement belle, il alla sans se presser à l'un des bars de la salle et commanda un scotch avec de l'eau. Il resta au bar et continua à observer Jennifer en sirotant son whisky.

— Ça vaut le coup d'œil, hein ? bredouilla une voix avinée non loin de lui. D'habitude elle se cache, mais je l'ai vue à la piscine. C'est ma voisine. Les nichons qu'elle a ! J'en ai l'eau à la bouche !

Matt jeta un coup d'œil au gros lard qui chancelait à ses côtés. On se demandait vraiment comment faisait cet ivrogne rougeaud pour ne pas suffoquer dans son col blanc trop serré.

— Je vous demande pardon ? dit-il d'une voix glaciale.

— La petite sainte-nitouche et ses gros nibards.

Matt serra les poings. Il se sentit soudain très protecteur vis-à-vis de celle que lui-même lorgnait une minute auparavant. Il n'avait qu'une seule envie, taper sur ce type pour qu'il la ferme.

— Vous êtes ivre, je vais donc faire comme si je n'avais rien entendu.

— Pourquoi, vous êtes son père ? fanfaronna l'ivrogne d'une voix sonore.

Des gens se retournèrent.

Jennifer chercha des yeux ce que tout le monde regardait et aperçut Matt en grande conversation avec son voisin, Lucas Wyman, le plus gros pervers de Dallas. *C'est la goutte d'eau qui met le feu aux poudres*, se dit-elle, mélangeant les métaphores dans sa colère. Elle frémit en songeant à son voisin aux yeux baladeurs – aux yeux et aux mains, s'il en avait l'occasion.

Soudain, elle comprit que Matt et Wyman étaient en train de parler d'elle. Et connaissant Wyman, la discussion devait tourner autour de la partie de son anatomie qu'il préférait. Cette fois, elle vit rouge. Elle se serait crue assez mûre pour ne plus se formaliser d'un comportement aussi immature. Mais Matt avait réveillé en elle son émotivité d'adolescente. Et la douleur qui allait avec.

Elle attrapa une autre coupe de champagne sur le plateau d'un serveur. Matt ne valait pas mieux que Wyman. Cette humoriste devait avoir raison : tous les hommes étaient des porcs. Combien de fois avait-elle dû supporter des regards insistants posés sur ses seins quand on lui présentait quelqu'un ? Elle prit une grande inspiration, gonflant la poitrine.

—Jen, ça va ? s'inquiéta Alva.

Elle suivit son regard et reprit d'un air dégoûté :

— Berk ! Lucas Wyman ! Ils laissent entrer des mecs comme lui à ce genre de soirée ?

Toute sa vie, depuis l'âge de douze ans, Jennifer avait été tourmentée par l'attention trop prononcée des hommes pour son corps, qui lui gâchait la vie. Elle devait s'habiller de façon à dissimuler ses formes pour pouvoir être prise au sérieux au travail. Même ce soir, elle portait une robe dont le côté sac à patates n'avait pas échappé à ce maudit Matt Penrose.

Rien qu'une fois, elle aurait bien voulu montrer aux hommes ce que ça faisait, d'être vu comme un objet sexuel. D'être sans cesse reluqué.

— Jen ? Tu connais cet homme qui parle avec Wyman ? demanda Alva.

Jennifer le regarda avec fureur en sirotant son champagne et vit qu'il s'avançait vers elles.

— Oui, je le connais.

— Je suis désolé, dit Matt en les rejoignant. J'ai fait une erreur.

Matt sourit à Jennifer. Quand il la regarda dans les yeux, ces yeux gris qui lançaient des éclairs, il eut une nouvelle fois l'impression de la connaître. Il fronça les sourcils et fouilla dans sa mémoire.

Jennifer soutint son regard. Sans détourner les yeux, elle dit :

— Si tu veux bien nous excuser, Alva, le docteur Penrose et moi avons des choses à nous dire.

— Mais, Jen…

Jennifer ignora l'objection de son amie.

— Par ici, s'il vous plaît, docteur Penrose, dit-elle en l'invitant à la suivre dans le hall d'entrée.

Elle ne pouvait peut-être pas donner une leçon à tous les hommes, mais à un seul, certainement. À celui-ci. Humm… Elle remettait ses scrupules à plus tard. Elle s'enfonça dans un divan et lui tendit la main, l'invitant en silence à venir s'asseoir auprès d'elle. D'un air grave et d'une voix délibérément rauque, elle fit mine d'avouer :

— Oh, docteur, vous aviez raison. Je crois qu'à présent ça ne sert à rien d'essayer de le cacher.

Elle se rendit compte qu'elle en faisait un peu trop et se racla la gorge.

— En fait, reprit-elle, j'ai une confession à vous faire. Tout ce que vous avez dit est vrai. Oh, docteur, je suis une menteuse, un charlatan. J'ai peur des hommes. Ils me terrifient. Je suis complètement bloquée sexuellement.

Elle prit une grande inspiration, sachant que sa poitrine allait se gonfler dangereusement sous son bustier.

Profitant de sa distraction, Jennifer réfléchit au meilleur moyen de le piéger. Elle allait lui donner une leçon qu'il n'était pas près d'oublier.

Quand j'en aurai fini avec lui, se jura-t-elle, *Matt Penrose ne saura plus faire la différence entre un télescope et un stéthoscope.*

Chapitre 4

Matt chercha un moyen de changer de sujet. Il ne voulait pas reprendre son rôle de médecin. Il voulait continuer à la voir comme une femme. Une femme très désirable, attirante, qu'il avait envie de connaître. Ses yeux s'égarèrent vers sa poitrine. Il ouvrit la bouche pour parler, mais se trouva incapable de formuler une pensée cohérente, et encore moins une phrase.

Il referma la bouche et réfléchit à la situation. En lui avouant son problème, Jennifer venait de se placer hors de sa portée.

Elle choisit cet instant précis pour prendre une autre inspiration. Une profonde inspiration. Il considéra ses courbes laiteuses qui débordaient du bustier ajusté de sa robe de soirée, celle-là même qu'il avait trouvée si terne quelques minutes auparavant. Sa poitrine semblait sur le point de déchirer la soie grise. Il oublia ce qu'il allait dire.

Jennifer soupira bruyamment, comme si son souffle répugnait à quitter un aussi ravissant flacon. Comme Matt le comprenait ! Ses mains le démangeaient, avides de suivre les pâles veines bleues qu'il devinait à peine sous sa belle peau laiteuse.

Pourquoi faisait-elle un tel spectacle d'un acte aussi naturel que respirer ? Son propre souffle, qu'il s'efforçait de maîtriser, lui parut assourdissant.

— Docteur ? Tout va bien ? s'enquit-elle de cette voix rauque qu'elle avait prise depuis qu'ils s'étaient installés dans le hall.

Il s'arracha à la contemplation de ses courbes et se concentra sur son visage. Grave erreur. Ses yeux l'hypnotisèrent, l'entraînèrent dans leurs profondeurs énigmatiques. Un signal d'alarme résonna dans son crâne. À présent, c'était lui qui haletait, peinant à contenir sa respiration saccadée. Son souffle ressemblait plus à de bruyants soupirs qu'à une simple libération de gaz carbonique.

— Bien sûr, ça va très bien. Hum, vous n'avez pas froid, docteur Monroe ? Vous voulez peut-être ma veste pour vous couvrir les… les épaules ? proposa-t-il, au désespoir.

— Mais non, ça va. Si j'ai froid, ma veste est juste là, sur mes genoux. Je me sens en sécurité avec vous, maintenant que je sais que vous ne voulez que mon bien. Je n'ai plus besoin de me cacher sous des vêtements.

— Très bien. Bien sûr. Évidemment.

Un instant passa, durant lequel il la regarda respirer. Puis il demanda d'une voix étranglée :

— Vous êtes sûre que vous ne voulez pas remettre votre veste ?

— Oui.

Elle sourit et s'enfonça dans le fauteuil, se trémoussant légèrement comme pour s'installer plus confortablement. À chaque mouvement, ses seins rebondissaient légèrement.

— Mais je vous remercie de vous inquiéter, reprit-elle. (Elle s'éventa nonchalamment.) En fait, il fait plutôt chaud, vous ne trouvez pas ? (Elle posa sa main sur sa poitrine.) Si vous touchiez ma peau… Un vrai radiateur. (Elle ouvrit de grands yeux.) Docteur Penrose ? Matt ? Vous allez bien ? Vous rougissez.

Il rougissait ? C'était bien peu, au vu de ce qu'il ressentait.

— C'est vrai qu'on étouffe, ici.

Il passa un doigt sous son col.

— Pas tant que ça, en fait. Vous n'auriez pas de la fièvre ?

Jennifer se pencha pour poser la main sur son front, lui offrant une vue plongeante de son remarquable décolleté.

Matt grogna et ferma les yeux. Elle ne voyait donc pas à quel point elle lui faisait de l'effet ?

— Vous êtes peut-être malade, Matt. Je vous sens très chaud.

Matt leva le bras et repoussa la main posée sur son front, la posant précautionneusement sur les genoux de Jennifer. « Très chaud ? » Il avait l'impression que son pantalon allait se déchirer sous la puissance de son érection. Il inspira profondément et tenta de remettre de l'ordre dans ses pensées.

Cette femme l'avait retourné comme un gant en l'espace d'une soirée. Il la regarda et essaya d'oublier que c'était une femme. Bon, très bien. Autant essayer d'oublier qu'il était un homme. Il tenta tout de même de la voir uniquement comme une patiente qui avait un problème. Intérieurement, il se fit la leçon. Elle était venue le voir parce qu'elle avait besoin de lui. Elle n'essayait pas de le séduire. Elle ne pouvait savoir que chaque inspiration qu'elle prenait l'excitait un peu plus ou qu'il souffrait de ne pas caresser sa peau satinée. Qu'il salivait à l'idée de goûter la saveur de ses lèvres.

— Voyons si j'ai bien tout saisi, dit-il en se penchant en avant, tentant maladroitement de dissimuler son problème d'érection. J'avais raison pour le blocage sexuel, mais vous me dites que ça va plus loin ? Vous vous croyez frigide, vous avez peur des hommes, pas seulement des hommes médecins, mais de tous les hommes ?

Calmé par son petit discours, il la regarda de plus près.

Jennifer serra les dents et hocha la tête.

— C'est ça. Si vous saviez comme il est difficile de conseiller les gens pour des problèmes sexuels tout en ayant l'impression de ne pas savoir de quoi je parle ! C'est une imposture. Je perds tout amour-propre. Je n'ai jamais eu le courage d'en parler à quelqu'un. Vous pouvez m'aider, docteur ? conclut-elle dans un murmure, l'air misérable.

Matt inspira profondément et soupira d'un air aussi malheureux qu'elle. Se forçant à la voir comme une patiente, il acquiesça.

— Bien sûr que je vais vous aider, Jennifer.

D'une façon aussi paternelle que possible étant donné ses hormones en ébullition, il se pencha vers elle et lui tapota la main. Sa peau sembla lui envoyer une décharge d'un milliard de volts.

Le cœur battant, il retira sa main et serra le poing pour se retenir de la caresser.

— Le premier pas dans la résolution d'un problème, c'est d'admettre qu'on en a un, poursuivit-il en hâte. C'est chose faite. Maintenant, nous pouvons rechercher des solutions. Je peux vous faire une liste de très bons psychologues spécialisés dans les problèmes sexuels.

— Oh non, Matt. Je pourrais faire ça, bien sûr mais… vous ne comprenez pas ? Je ne peux pas aller voir un de mes collègues. Je ne peux pas me permettre de saboter ma carrière. C'est pour ça que je n'en ai jamais parlé à personne.

Elle prit une longue et profonde inspiration, puisque cela semblait provoquer une paralysie brutale et spectaculaire des facultés de raisonnement de son vis-à-vis.

— Eh bien… (Il s'interrompit, sortit son mouchoir de sa poche intérieure et s'épongea le front.) Je comprends que ça puisse poser un problème. Mais je suis certain qu'il n'y a pas de quoi s'inquiéter. Personne ne saura que vous suivez une psychothérapie. Vos confrères sont tenus au secret professionnel.

— Bien sûr, mais vous ne connaissez pas encore Dallas. C'est presque un village, mentit-elle. Ça finirait par se savoir. Ma secrétaire le découvrirait facilement, ainsi que le personnel de tous les autres cabinets. Quelqu'un finirait par parler. Je ne peux pas prendre ce risque. J'ai travaillé trop dur pour bâtir ma carrière, je ne peux pas risquer de tout détruire.

— Alors si cela vous inquiète autant, vous pouvez aller voir quelqu'un à Fort Worth.

Elle contesta vigoureusement de la tête, prête à donner le coup de grâce.

— Même si j'avais trois heures par jour pour aller là-bas, voir le psy et revenir, ça ne pourrait pas marcher. Tout le monde me connaît, à Fort Worth.

Matt se tamponna le front une nouvelle fois et posa son mouchoir.

— Si ce que vous dites est vrai, alors je ne sais plus quoi vous suggérer.

— J'y ai beaucoup réfléchi, depuis notre dernière conversation.

Jennifer fit une pause et baissa les yeux pour cacher son amusement. Elle espérait qu'il interpréterait cela comme un geste de timidité et de malaise.

— Vous avez une idée ?

Et comment! eut-elle envie de s'écrier. Au lieu de cela, elle parla d'une voix si faible qu'il dut s'approcher pour l'entendre :

— Je crois. Je me disais que si vous pouviez, disons, me guider, je pourrais peut-être surmonter mon problème.

— Vous voulez que je fasse quoi ?

Matt la regarda comme s'il la croyait folle.

Peut-être l'était-elle, mais cette pensée ne la dissuada en rien.

— S'il vous plaît, parlez moins fort ! Je ne veux pas qu'on nous entende.

— Qu'est-ce que vous voulez dire ? l'interrogea-t-il, visiblement anxieux.

— Eh bien, si vous m'aidiez à me réconcilier avec ma sexualité, d'une façon strictement thérapeutique, évidemment, vous me rendriez un grand service, docteur.

— Mais Jennifer, enfin, docteur Monroe, c'est complètement… ce n'est pas du tout déontologique.

— Oui, c'est vrai, mais je sais que vous pouvez m'aider. Et je ne peux demander ça à personne d'autre. Oh, s'il vous plaît, dites-moi que vous allez m'aider. Après tout, en tant que médecin, vous connaissez bien la sexualité des femmes.

— Oui, mais pas de cette façon. (Mal à l'aise, il changea de position.) Je ne crois pas que ce soit une bonne idée. Peut-être avez-vous un problème émotionnel profondément refoulé qui serait à l'origine de votre incapacité à… euh…

Il haussa les épaules.

— Mais ce n'est pas le cas. Vraiment. Si c'était le cas, je le saurais. C'est juste que je n'ai jamais eu l'occasion de le faire comme les autres gens, à l'adolescence ou au début de l'âge adulte. Je suis passée à côté, en quelque sorte. Et maintenant, à cause du manque d'occasions, je n'y arrive pas. Je me crispe et… et…

Elle s'interrompit, pensa à ce qu'Alva lui reprochait sans cesse et étoffa son histoire :

— Je suis devenue un bourreau de travail, et ça s'aggrave avec le temps. J'ai l'impression de passer à côté de la vie. Je ne sors jamais, je n'ai jamais eu de vraie relation avec un homme…

— Oui mais, docteur Monroe, Jennifer, vous me demandez de commettre une irrégularité professionnelle.

— Pas vraiment, Matt, puisque je ne suis pas réellement votre patiente. Ni vous ni moi n'avons d'obligations, nous pouvons faire ce qui nous chante.

Jennifer s'aperçut au pli obstiné de sa bouche que ses mots ne le touchaient pas. Elle allait devoir sortir l'artillerie lourde :

— Oh, Matt, dit-elle à grand renfort de trémolos, s'il vous plaît, ne me laissez pas tomber. Vous êtes mon seul espoir.

Elle se mordit la joue pour faire apparaître des larmes dans ses yeux. Puis elle se jeta dans ses bras, pressant ses seins contre son torse. Elle parvint à produire des sanglots entrecoupés de hoquets.

— Je me sens si mal. Je ne peux pas rester comme ça. S'il vous plaît, dites-moi que vous m'aiderez.

Elle sentit le cœur de Matt qui battait la chamade et frissonna pour de bon. Il dégageait une odeur chaude, musquée, et incroyablement attirante. Elle était peut-être allée un peu trop loin, se dit-elle en amorçant une retraite.

Mais les bras de Matt se refermèrent autour d'elle. Il lui caressa les cheveux et murmura :

— Ça va aller, ça va aller. Tout va bien, Jennifer. Je vais vous aider. Ne pleurez pas.

Durant de longues et divines minutes, elle se blottit dans ses bras, absorbant sa chaleur. Il semblait vouloir la calmer et la réconforter si sincèrement que, pendant un instant, elle se sentit coupable de le duper.

— Eh bien, on ne perd pas de temps, dit la voix pâteuse d'un ivrogne.

L'homme eut un hoquet, puis reprit :

— T'es un rapide, mec. Mais après, tu me laisses mon tour. Je finirai bien par la choper, même si je dois crever. (Il ponctua sa déclaration d'un rire gras qui sentait l'alcool.) Au moins, je partirais en grande pompe !

Matt se raidit, prêt à envoyer valser Wyman jusqu'en Oklahoma, mais Jennifer le devança. Elle se dégagea des bras de Matt et, le regard froid, lança d'un ton sec :

— Bas les pattes, Lucas. Même l'argent ne peut pas acheter tout ce que tu veux.

— Oh, allez, docteur Jenny, railla-t-il. Viens me rejoindre dans le jacuzzi. Je te donnerai ce que tu attends depuis longtemps.

Elle afficha un sourire glacial.

— Mais bien sûr, Lucas, quand les poules auront des dents.

Wyman laissa échapper un rire sonore suivi d'un rot, et partit en titubant.

L'incident renforça la détermination de Jennifer.

— C'est à cause de types comme lui que j'en suis là.

— Je comprends que cela ait pu vous dégoûter des relations avec les hommes, mais nous ne sommes pas tous comme lui.

— Oh, je le sais bien. Vous, par exemple, vous n'avez rien en commun avec ce vieux porc. Vous ne feriez jamais rien pour embarrasser une femme comme il vient de le faire. (Jennifer se souvenait très bien de la façon dont il l'avait humiliée, mais elle s'interdit d'y penser.) C'est vraiment gentil d'accepter de m'aider à surmonter mon blocage. Je vous suis infiniment reconnaissante.

— Oui, enfin, on va voir ce qu'on peut faire. J'ai quelques livres qui pourraient peut-être vous aider. Je vous appelle lundi et je m'arrangerai pour les apporter à votre bureau.

Jennifer fronça les sourcils.

— Oh non ! Est-ce qu'on ne pourrait pas commencer plus tôt ?

— Je ne sais pas, que comptez-vous faire ? demanda-t-il, visiblement mal à l'aise.

Un éclair de malice traversa le regard de Jennifer. Le rideau allait se lever sur le deuxième acte.

— Je me demandais si, peut-être, on pourrait se retrouver demain. Aucun de nous deux ne travaille et, puisque vous venez de vous établir, je parie que vous n'avez pas encore de patiente sur le point d'accoucher.

Matt aurait bien voulu mentir, mais il fit signe que « non ». Il sentait la corde se resserrer autour de son cou.

— Je m'en doutais. Vous pourriez peut-être me montrer ces livres dans l'après-midi ? Je serai disponible vers 16 heures, si cela vous convient.

— Oui, pourquoi pas. Enfin, si vous êtes vraiment sûre de vous.

— Oh oui. Maintenant que j'ai votre appui, ce serait dommage de reculer.

Elle sortit une carte de visite et un stylo de son petit sac, griffonna son adresse et la lui tendit.

— Très bien. (Il essaya de se montrer aussi froid et professionnel que possible.) J'apporterai mes livres, et nous pourrons commencer.

— Jennifer ! Alors c'est là que tu te caches ! s'écria Alva en poussant la lourde porte de la grande salle.

Jennifer leva les yeux et sourit, mal à l'aise. Elle aimait Alva comme une sœur, mais cette femme était un aimant à hommes, elle attirait sur elle tous les regards. Dans un instant, Matt serait lobotomisé, et même son décolleté ne serait pas de taille à endiguer le phénomène.

Matt se leva à l'approche d'Alva. Jennifer se mit lentement sur ses pieds et resta à ses côtés, l'observant d'un œil méfiant.

— Matt, je vous présente mon amie, Alva Hernandez.

— Je ne suis pas son amie. Je suis sa meilleure amie.

Alva sourit et tendit la main à Matt.

— Enchanté de vous rencontrer, meilleure amie Alva. (Il parlait avec un grand sourire, ravi que quelqu'un soit venu interrompre la conversation.) C'est un nom intéressant que vous avez.

— Ma mère m'a donné le nom de Thomas Alva Edison. Elle voulait que je devienne scientifique, et elle pensait qu'un nom pareil m'ouvrirait la voie.

— Et ça a marché ?

Alva éclata de rire.

— Eh bien, j'ai voulu faire de la physique, mais c'était une erreur. Maintenant, je suis dans l'informatique.

— Ça doit être intéressant.

— Où est Bill ? interrompit Jennifer, ennuyée de voir avec quelle facilité ils faisaient connaissance.

Alva fit une ravissante grimace.

— Il s'est laissé entraîner dans un débat sur la meilleure chose visqueuse et rampante à empaler sur un hameçon.

Le visage de Matt s'illumina.

— Votre ami est pêcheur ? demanda-t-il.

— Malheureusement. Et, à votre regard, je dirais que vous aussi. C'est là que vous avez rencontré Jen ?

L'attention de Matt se reporta sur Jennifer.

— Mais non, nous nous sommes rencontrés dans le milieu professionnel. J'ignorais que vous aimiez la pêche, ajouta-t-il à l'intention de Jennifer.

— Mon père – ou plutôt mon beau-père – m'a initiée quand j'étais au lycée.

— Eau douce ou eau salée ?

— Eau douce. Je n'ai jamais pêché en mer, mais j'ai toujours voulu essayer.

Et zut. Comme si elle avait besoin d'une autre raison de l'apprécier. Elle ne voulait rien avoir en commun avec lui. Avec réticence, elle demanda :

— Et vous ?

— Les deux. Petit, je pêchais dans les grands lacs du Michigan. Après, je suis parti près de Houston et, comme je vivais à côté de Galveston Bay, je me suis mis à la pêche en eau salée.

C'est une activité complètement différente. Vous devriez essayer. Ça vous plairait sûrement.

— Vous êtes du Michigan ? demanda Alva. C'est drôle…

— Alva, coupa Jennifer. Je vais me repoudrer, tu veux bien venir avec moi ?

Jennifer saisit son amie par le bras.

— Aïe ! protesta Alva en frottant son biceps endolori.

— S'il te plaît, Alva, maintenant, ordonna Jennifer.

— Tout de suite ? fit Alva d'un air intrigué.

— Oui, tout de suite. Je crois que j'ai une couture qui a lâché.

Matt essaya de ne pas regarder, mais ses yeux refusèrent de lui obéir. Fiévreusement, il inspecta la robe de Jennifer. Ne trouvant pas de chair dévoilée par une couture défaite, il ne sut s'il devait être déçu ou soulagé.

— Docteur Penrose, lui dit Jennifer. Notre discussion a été très instructive. Si vous voulez bien m'excuser, maintenant…

— Bien sûr. De toute façon, j'allais partir, répondit Matt.

Il sentait qu'une fois Jennifer partie, il n'aurait plus de raisons de rester. De plus, ni sa tension artérielle ni les coutures de son pantalon ne pourraient supporter plus longtemps la présence de Jennifer Monroe.

Il regarda les deux femmes s'éloigner et ne put s'empêcher d'admirer la démarche élégante de Jennifer. Elle se tenait bien droite. La peau qui dépassait de sa robe sans bretelles semblait luminescente dans la lumière tamisée. Il aurait voulu caresser encore sa chevelure soyeuse. Passer ses mains dans les épaisses mèches blondes. Quelle mouche l'avait donc piqué ? Au travail, ses relations avec les femmes avaient toujours été professionnelles.

Dans quoi s'était-il embarqué ? Il se dirigea vers la sortie. Il ne serait peut-être pas si difficile de mettre un terme aux blocages de Jennifer. C'était une femme intelligente. Elle avait l'habitude de parler à ses patients de leurs problèmes sexuels. Donc, s'il approchait la chose comme un professionnel parlant à un autre professionnel, il n'y avait pas de raison pour que ça se passe mal…

— Bon, on est aux toilettes, alors vide ton sac, ordonna Alva, croisant les bras et plantant sur Jennifer un regard sévère. Et ne me sors pas cette excuse absurde de couture qui lâche.

— Punaise, je n'arriverai jamais à te faire gober quoi que ce soit ? demanda Jennifer d'un ton léger.

— Non, jamais. Alors ?

— Rien. Le docteur Penrose me tenait la jambe depuis trop longtemps, c'est tout.

Elle se tourna vers le miroir et s'occupa à faire bouffer ses cheveux. Avec un peu de chance, Alva allait se recoiffer à son tour, mettre du rouge à lèvres et retourner dans la grande salle.

— Jennifer, ça fait dix ans qu'on se connaît. Alors dis-moi. Qu'est-ce qui se passe entre toi et le beau gosse ?

— De qui tu parles ? demanda Jennifer.

Elle se mit à fouiller dans son sac à la recherche de son poudrier, espérant qu'Alva ne remarquerait pas qu'elle rougissait.

— Maintenant, je sais que je suis sur la bonne piste. Tu sais très bien de qui je parle. Le grand docteur, brun et canon avec qui tu avais l'air de si bien t'entendre.

— On parlait d'un patient.

— Un patient ? (Alva leva les bras au ciel.) J'hallucine ! Tu es vraiment un cas désespéré ! Tu étais là, avec l'homme le plus mignon que j'aie vu depuis un bail… Je dis « mignon », mais je devrais dire « la bombe sexuelle de la soirée ».

Et toi, tu parlais boulot ? Jennifer Monroe, il faut te faire soigner.

Une étincelle brilla dans les yeux de Jennifer.

— Tu as peut-être raison.

— Bien sûr que j'ai raison. Alors je veux que tu t'accroches au docteur Beau Gosse. Tu l'appelles, tu l'invites à dîner, tu fais quelque chose.

Alva sortit son rouge à lèvres de son sac.

— Justement, on doit se voir demain après-midi.

Alva fit la moue.

— Laisse-moi deviner. Vous allez parler d'un patient. Pfff... Venant de toi, ça ne m'étonne pas, mais ce Matt Penrose n'a pas l'air du genre à passer ses jours de congé à parler de ses patients.

Alva ouvrit son tube de rouge et commença à s'en tamponner les lèvres, puis s'arrêta, comme frappée d'une pensée soudaine.

— Oh, non. Il est marié, c'est ça ? Et voilà ! Tu as enfin rencontré quelqu'un, et il faut qu'il soit marié !

— Du calme, Alva. Il n'est pas marié. Il vit seul.

Jennifer rangea son poudrier dans son sac. Elle n'avait pas manqué d'aller voir la biographie de Matt sur le site internet de la clinique gynécologique.

Son plan allait fonctionner. Elle avait réussi à empêcher Alva de révéler qu'elle avait passé son enfance dans le Michigan. Matt n'aurait sûrement pas fait le lien avec la petite Jenny Thornhill. Mais il ne fallait surtout pas qu'il comprenne que le docteur Jennifer Monroe ne faisait qu'une avec la fille de quatorze ans qu'il avait accompagnée à ce bal de Noël, des années auparavant.

— S'il n'est pas marié, dit Alva d'un air maussade, c'est qu'il est homo. Zut ! Les beaux mecs sont toujours soit mariés, soit homos !

Chapitre 5

La dernière fois que Matt avait transpiré comme ça, c'était à l'université, pendant les entraînements de football. Si le simple fait de consulter ses ouvrages de référence sur la sexualité le faisait suer à grosses gouttes, comment pourrait-il en parler avec Jennifer Monroe ?

Matt referma d'un coup sec le manuel de sexualité féminine. L'aride ouvrage de référence l'avait presque endormi quand il avait dû le lire pour ses études, des années auparavant. Mais, à présent, il semblait lui brûler les doigts. Après avoir parcouru les livres de sa bibliothèque personnelle, des ouvrages qu'il aurait recommandés à toute patiente qui serait venue le voir avec des problèmes de libido, il avait conclu que c'était le seul qu'il pourrait conseiller à Jennifer.

Il soupira et attrapa le téléphone. La veille, quand Jennifer avait demandé à le voir, il avait complètement oublié qu'il devait aller au match des Dallas Cowboys avec Kevin et quelques amis.

Kev allait vraiment mal le prendre, il n'était pas du genre à apprécier d'être lâché pour une femme. D'autant plus qu'il avait enfin eu le courage d'affronter la sienne et de lui annoncer qu'il sortait voir un match de football avec ses potes.

Lorsque son ancien colocataire décrocha, Matt lui annonça la mauvaise nouvelle. Il avait raison. Kev ne se montra pas très compréhensif.

— Et dis-moi, Penrose, qu'est-ce que tu as à faire exactement, qui soit plus important que de voir les Cowboys botter le cul des New-Yorkais ?

— Je te l'ai dit, j'ai eu un imprévu.

— Quoi ? Un bébé à mettre au monde ?

— Non, c'est une femme que je dois voir.

— Super ! lança Kevin avec ironie. Tu t'es enfin décidé à t'amuser un peu dans la vie et tu veux perdre ton temps avec une femme ?

Matt rit.

— Remets-toi, Kev. Et puis, je ne sors pas avec cette femme. Il faut juste que je lui parle.

— Et ça ne pouvait pas attendre ?

— Désolé, mec. Il faut vraiment que je la voie.

En prononçant ces mots, Matt se rendit compte qu'il éprouvait véritablement un immense besoin de la revoir. Mais pas en tant que patiente. Il voulait que leur rencontre soit celle d'un homme et d'une femme. Et c'était loin d'être gagné.

— Bordel ! Si tu savais ce que j'ai subi avec Wendy pour qu'elle accepte de me laisser venir, grommela Kevin.

— Je suis vraiment désolé, s'excusa Matt avec sincérité.

Avant de raccrocher, ils décidèrent qu'ils iraient au prochain match à domicile s'ils parvenaient à trouver des billets.

Matt attrapa ses clés et le gros bouquin, et sortit avec la nette impression de trahir tous les pauvres hommes opprimés comme Kevin. En dépit de son appréhension, il sentait que l'excitation commençait à courir dans ses veines.

En faisant sortir du garage sa Jaguar couleur caramel, il sélectionna le best of des Doobie Brothers et mit le volume à fond. On pouvait le traiter de passéiste, mais il adorait les classiques du rock de la génération de ses parents. Tout au long de son trajet, il essaya de se convaincre que l'excitation qu'il ressentait à l'idée de passer l'après-midi avec la charmante Jennifer Monroe était purement intellectuelle. En même temps, il craignait que ces quelques heures ne durent une éternité.

— Alva, je suis désolée pour cet après-midi, j'avais complètement oublié que j'avais prévu, euh… une séance.

— Mais, Jen, tu ne reçois jamais tes patients chez toi.

— Ce n'est pas vraiment un patient. J'ai juste un truc à faire.

— Tu m'avais promis de m'accompagner au défilé de mode.

— Je sais, je suis désolée. (Jennifer se mordit la lèvre.) Alva, il y a quelque chose qui ne va pas ?

Elle avait décelé une intonation inhabituelle dans la voix de son amie.

Alva rit jaune.

— Ça va très bien. Au fait, ça te dirait d'aller avec Bill Dixon voir l'orchestre symphonique la semaine prochaine ?

— Je croyais que tu aimais bien Bill. Pourquoi essaies-tu de me le refiler ?

— Bill est très gentil, répondit Alva d'un ton indigné. Je n'essaie pas de te le refiler. Mais comme vous aimez tous les deux la pêche, j'ai pensé que ça pourrait marcher entre vous. Lui et moi, on n'a pas grand-chose en commun. Quand il se met à me parler de « millies » et d'arbres de catalpa...

— Ce sont des mollies et des vers de catalpa, qu'on trouve dans les catalpas, qui eux sont des arbres.

— Peu importe. Ce n'est pas ma tasse de thé. Je n'arrive toujours pas à croire que tu aimes ces trucs pourris qui puent.

Jennifer sourit :

— Tu devrais essayer, tu pourrais apprécier.

Alva fit la grimace.

— Ce n'est pas demain la veille qu'on me prendra assise en plein soleil à empaler un pauvre ver sans défense sur un crochet rouillé. Personnellement, je trouve que les gens de la SPA devraient regarder d'un peu plus près toutes ces histoires de pêche.

— Alva, si tu n'aimes pas les sujets de conversation de Bill, tu devrais peut-être tout simplement en proposer d'autres.

— Pour parler de quoi ? Je ne trouve jamais rien à dire quand il est là.

— Toi, tu ne trouves jamais rien à dire ? Grande première !

— Je sais. Dès que je le vois, je n'ai qu'une envie, c'est de coucher avec lui.

— Alva Hernandez ! Laisse-moi le temps de sortir mon agenda, que je marque ce jour d'une pierre blanche.

— C'est ça, vas-y, rigole, fiche-toi de moi. Tu sais ce que ça fait de regarder bêtement, sans rien dire, un mec qui t'explique comment vider un poisson ?

Jennifer éclata de rire.

— Je pense que tu l'intimides. C'est pour ça qu'il parle de pêche tout le temps, il ne sait pas quoi dire. Hier soir, ce n'était que ton deuxième rendez-vous avec lui. De quoi avez-vous parlé au premier ?

— De la BMW bleue qu'il conduisait le jour où on s'est rencontrés. Maintenant, je sais tout sur cette bagnole. Tu peux même me demander le nombre de centimètres cubes de son moteur. Ou me tester sur son système de freinage. Vas-y, pose une question. Je sais tout. Oh, Jen. Je suis en train de tomber amoureuse, j'ai complètement mordu à l'hameçon. (Elle soupira.) Tu vois ? Après à peine deux rendez-vous, je parle déjà poissons.

Jennifer jeta un coup d'œil à l'horloge : il fallait qu'elle raccroche, Matt allait arriver dans une minute.

— Alors, enchaîna Alva, si tu ne veux pas me débarrasser de Bill, qu'est-ce que tu me conseilles ?

— Ouh là, je n'en sais rien. C'est ton problème.

— Allez, Jen, il faut bien que ça me serve à quelque chose d'avoir une psy comme amie. Sérieusement, qu'est-ce que j'en fais, de ce mec ?

— Écoute, répondit Jennifer pour gagner du temps, j'y réfléchis et je te rappelle demain. D'ici là, j'ai un petit service à te demander. Tu veux bien ?

— Dis-moi d'abord ce que c'est.

— Je veux que tu passes dîner à 19 heures. Le timing est super important. Il faut que tu sonnes à 19 heures précises. Et n'oublie pas, ou ça va barder !

— Je n'oublierai pas. Mais c'est quoi, cette histoire ?

— Je t'expliquerai une autre fois. Sois à l'heure, c'est tout. Maintenant, je dois y aller.

Sans tenir compte des cris de protestation de son amie, elle raccrocha. Elle devrait réussir à mettre Matt Penrose à ses pieds avant 19 heures. Ensuite, avec l'apparition soudaine d'Alva, elle pourrait le mettre dehors avant qu'il ne commence ses travaux pratiques de liberté sexuelle.

À la hâte, elle passa en revue le décor qu'elle avait installé. Tout était prêt. Le *Boléro* de Ravel allait passer en boucle en fond sonore, et elle portait la tenue la plus aguichante qu'elle ait trouvée, avec des bas à jarretière de dentelle. Tout ce qui manquait au tableau, c'était une victime.

Jennifer refusait d'écouter sa conscience qui lui criait qu'elle ne jouait pas franc jeu avec Matt. Elle fit aussi la sourde oreille à la petite voix dans sa tête qui lui soufflait qu'elle faisait tout ça parce qu'elle avait envie de lui. Non pas pour le punir, lui, mais pour surmonter ce désir qu'elle éprouvait malgré elle. À vrai dire, elle trouvait Matt encore plus séduisant qu'à l'époque où elle était tombée amoureuse de lui, au lycée.

Elle arrangea les livres qu'elle avait disposés sur la table basse. Un recueil de nouvelles érotiques écrites par des femmes était posé à côté du *Kama-sutra* et d'un vieil exemplaire des *Joies du sexe*, d'Alex Comfort. Bien en évidence, elle avait aussi placé une édition reliée d'un ouvrage traitant des fantasmes sexuels des femmes à travers les âges et dans la société occidentale contemporaine.

Même si Jennifer s'occupait peu de problèmes sexuels dans son travail, elle aimait se tenir au courant des publications sur le sujet. Elle avait hâte de voir quel genre de livres Matt allait apporter pour leur première séance.

Quand on sonna à la porte, quelques minutes plus tard, Jennifer se regarda une dernière fois dans le miroir biseauté suspendu au-dessus de la console, dans la petite entrée de son appartement. Sa courte robe noire offrait un décolleté vertigineux. C'était d'ailleurs la raison pour laquelle elle ne l'avait jamais portée. Mais elle était parfaite pour l'occasion.

Elle huma l'air avec satisfaction. L'odeur délicate de la lotion parfumée dont elle s'était enduit le corps en sortant de la douche embaumait subtilement l'atmosphère. Elle se pencha en avant et secoua la tête, mettant un peu de désordre dans ses cheveux. Quand elle se redressa pour se regarder dans le miroir, elle sourit, satisfaite. C'était parfait. Ses cheveux en bataille lui donnaient un air sexy, comme si elle venait de sortir du lit.

Lorsque la sonnerie retentit une deuxième fois, elle cessa de se pomponner et courut ouvrir la porte d'acajou.

— Matt.

Son cœur battait la chamade.

Il était si beau qu'elle n'eut pas besoin de feindre le trouble dans sa voix. Il portait une veste de tweed noir et blanc, avec un pull en laine beige et un pantalon noir. Ses cheveux étaient si parfaitement peignés qu'elle aurait voulu y passer les doigts et les décoiffer en se délectant de leur douceur satinée.

— Docteur Monroe.

Ses yeux le trahirent, et son regard se bloqua sur sa poitrine. Il fronça les sourcils.

Oh, oh…, se dit Jennifer. Il n'avait pas l'air enchanté d'être là. Et il était revenu à la formalité de « docteur Monroe ». Elle sourit.

— Si vous voulez bien vous donner la peine d'entrer…

Elle le précéda dans le salon et lui indiqua le canapé. L'air gêné, Matt considéra la confortable banquette rouge et s'assit au milieu.

Jennifer se retourna pour dissimuler un petit sourire. Manifestement, il pensait qu'elle s'assiérait dans un des fauteuils club qui jouxtaient le canapé. Elle s'avança et s'installa à côté de lui, sur le coussin bien rembourré, faisant en sorte que ses seins viennent heurter son bras.

Curieusement, quand Jennifer eut terminé ce petit tour de passe-passe, elle se sentit à bout de souffle. Sans prévenir, ses tétons se durcirent de désir. Ainsi ébranlée par les sensations qui l'assaillaient, elle ne put se délecter autant qu'elle l'aurait voulu à la vue de Matt qui se rejetait en arrière, comme frappé d'une décharge électrique.

Matt souffla lentement. Pour tenter de maîtriser les réactions de son corps, il chanta *La Marseillaise* en boucle dans sa tête – il avait appris cet hymne au lycée en cours de français. Au bout d'un moment qui lui parut interminable, les muscles de son bras se détendirent. Il ferma les yeux, ravi d'avoir sur les genoux son énorme ouvrage de référence qui dissimulait son émotion.

— Puis-je le prendre ? demanda Jennifer.

— Non ! (Il rouvrit brusquement les yeux et se délecta du spectacle qui s'offrait à lui.) C'est-à-dire, je vais le garder un peu, bredouilla-t-il, perdu dans les beaux yeux gris de Jennifer.

Ses cheveux en désordre lui faisaient un drôle d'effet. Il aurait voulu emmêler plus encore les courtes mèches blondes, y passer les doigts en l'embrassant.

Lorsqu'elle se pencha en avant, il eut une vue plongeante dans son décolleté. Il gémit, incapable de se retenir. Les seins de la jeune femme étaient parfaits, à peine dissimulés par la dentelle noire de son soutien-gorge. L'espace d'une seconde, sa jupe remonta, dévoilant fugacement la dentelle noire de ses bas. Il s'imagina couvrir de baisers passionnés la peau de ses cuisscs, juste au-dessus de la bande de dentelle. Il retint un gémissement. Des gouttes de sueur perlèrent de nouveau sur son front. Il les essuya de sa manche, espérant qu'elle ne l'avait pas remarqué.

— Voulez-vous boire quelque chose ? J'ai ouvert un très bon chardonnay, mais si vous préférez, je peux faire du café.

— Non, ne vous embêtez pas, je vais prendre la même chose que vous.

Instantanément, il songea à la scène de *Quand Harry rencontre Sally,* où Meg Ryan feint un orgasme au restaurant et où la femme à la table d'à côté dit : « Je vais prendre la même chose. » Il ne put s'empêcher d'imaginer Jennifer perdue dans les affres de l'orgasme.

Quand elle se leva pour servir le vin, Matt renversa la tête en arrière et prit une douloureuse inspiration. Il sentit le parfum qu'elle portait. Il en avait saisi une bouffée la veille, et c'était encore la même fragrance qu'il avait décelée lorsqu'elle était venue à son cabinet l'autre jour. Il respirait profondément, s'infligeant à regret la torture de ces senteurs enivrantes.

Il dut finir par se rendre à l'évidence : il la désirait. Et il n'en voulait certainement pas comme patiente. Il n'avait pas ressenti cela depuis l'adolescence. Qu'est-ce qui, chez cette femme, pouvait bien lui faire cet effet ?

— Et voilà, annonça Jennifer. J'ai aussi apporté des fraises. J'adore l'association des fruits rouges bien juteux et du vin blanc, ajouta-t-elle avec un sourire. On dit souvent que les fraises ne vont qu'avec le champagne, mais je les trouve succulentes avec n'importe quel vin blanc.

Elle posa le plateau argenté sur la table basse en verre. Matt se surprit à regarder ses lèvres quand elle parlait. Il n'aurait jamais cru que prononcer des mots pouvait être aussi sexy.

— D'abord, vous prenez la plus grosse… (Elle plongea son regard dans le sien.)… et la plus rouge, puis vous la trempez dans ce petit pot de crème épaisse et savoureuse.

Matt serra les poings si fort que ses ongles firent des marques dans la paume de ses mains.

Jennifer choisit la plus grosse fraise dans le saladier en argent et fit ce qu'elle venait de dire. La crème dégoulinant du fruit bien mûr, elle reprit :

— Ensuite, vous la plongez dans le sucre roux et vous la dégustez tout entière.

Elle ouvrit la bouche, et ses lèvres vinrent se refermer sur le fruit.

Matt se concentra sur le trajet d'une goutte de jus qui coulait sur sa lèvre inférieure. Il eut toutes les peines du monde à se retenir de lui lécher les lèvres. Quand elle sortit le bout de la langue, il se sentit sur le point d'exploser. Il imagina cette langue sur son corps, dessinant les motifs délicats que traceraient ses lèvres en lui brûlant la peau. Il n'avait jamais désiré une femme à ce point. Il s'était fait avoir, et en beauté.

— Ensuite, vous prenez un peu de vin et vous le laissez descendre doucement au fond de la gorge.

Pour lui montrer, elle ferma les paupières et pencha la tête en arrière. Puis elle pressa le verre froid contre la peau rosée de sa poitrine. Comme perdue dans l'expérience sensuelle de la dégustation, elle fit rouler le verre sur les courbes de ses seins.

Comme j'aimerais être ce verre, se dit-il, gigotant sur le canapé pour soulager la pression qui montait dans son pantalon. Il aurait bien voulu remplacer le cristal par son visage, sa bouche, ses mains. Tandis que Jennifer fermait les yeux, il put contempler à loisir la forme de son visage, la peau laiteuse de sa gorge, ses bras si délicats, ses seins... Comment une femme sachant apprécier à ce point les plaisirs sensuels du vin et de la table pouvait-elle souffrir de blocages sexuels ? Cela n'avait aucun sens.

Il parcourut la pièce des yeux et vit que son intérieur reflétait une nature profondément voluptueuse. Les meubles étaient tendus de tissus aux précieuses teintes écarlates, émeraude ou saphir. Les fenêtres étaient ornées de rideaux dont l'étoffe dorée se répandait sur le sol en dessinant des plis extravagants.

Le salon et la salle à manger exposaient une débauche de riches couleurs et de textures sensuelles : les tapisseries, les tables aux pieds de fer forgé et aux épais plateaux de verre fumé, les franges élégantes sur les coussins des chaises… La sensualité de cette femme prenait corps dans son appartement, cela sautait aux yeux.

— À vous, maintenant, dit Jennifer en lui tendant un verre de vin.

— Merci.

Il vida son verre à la hâte, comme pour éteindre un feu.

Elle prit une autre fraise, particulièrement dodue.

— Non, ça, il n'en est pas question, laissa-t-il échapper en levant les yeux au ciel. Je veux dire… (Il avala sa salive.) Il n'est pas question que je mange quoi que ce soit. J'ai fait un déjeuner très copieux.

Il posa son verre et se renversa en arrière, se tapotant le ventre à deux mains.

— Je me suis gavé.

Son estomac choisit cet instant précis pour émettre un gargouillement révélateur. Il rougit.

Triomphante, Jennifer trempa la fraise dans la crème.

— Vous avez déjà digéré ce copieux repas. Allez-y, Matt, c'est délicieux. Je les ai achetées au marché, elles sont fraîches et bien juteuses.

Elle plongea la fraise dans le sucre en poudre tandis qu'il la regardait avec fascination.

— Vous allez adorer, murmura-t-elle en portant le fruit à ses lèvres.

Il essaya de s'éloigner d'elle, mais elle se pencha sur lui. Ses seins vinrent s'appuyer contre son torse, et elle lui posa la fraise sur les lèvres. Elle ouvrit la bouche pour le pousser à faire de même et à goûter le fruit qu'elle lui offrait. Leurs regards se rencontrèrent.

Le sourire de Jennifer faiblit, puis disparut complètement quand Matt mordit le fruit de ses belles dents blanches. Un jus rouge lui dégoulina sur les lèvres. Elle garda les yeux rivés sur lui, hypnotisée, quand il sortit la langue pour récupérer le jus sucré. Sans réfléchir, elle se lécha les lèvres, brûlant de sentir le goût sucré de la fraise dans sa bouche à lui, sur sa langue.

Le sang lui battait les tempes, comme si elle était restée en apnée trop longtemps. Elle se sentait prise de vertige, désorientée. Au prix d'un immense effort, elle détourna les yeux et se dégagea.

Un lourd silence s'installa entre eux. Jennifer s'efforça de respirer doucement, de peur qu'il ne voie à quel point elle était excitée.

— Je crois que je vais reprendre un peu de vin.

Elle vida son verre d'une traite.

Matt la regarda s'éloigner et cessa enfin de retenir son souffle. Il savait qu'il aurait été sage de partir, mais il savait aussi qu'il n'allait pas le faire. Il aurait préféré marcher pieds nus sur un cactus plutôt que de s'éloigner de la présence enivrante de Jennifer. Et puis, constata-t-il tristement en soulevant un instant le lourd volume posé sur ses genoux, il était dans une situation plutôt délicate.

Quand elle revint, il reposa le livre pour dissimuler sa « situation délicate ». À quelle douce torture allait-elle le soumettre à présent ? Il pria pour qu'elle prenne un autre siège, tout en espérant qu'elle revienne s'asseoir près de lui.

— Bon, je suppose que vous avez mieux à faire que de parler avec moi pendant votre jour de congé, dit-elle. Nous devrions peut-être en revenir à l'objet de votre présence ici.

— L'objet de ma présence ? demanda-t-il, pris de court par son brusque changement d'attitude.

— Oui, le sexe.

Jennifer s'installa à ses côtés, heureuse d'avoir retrouvé toute sa contenance. Elle remarqua le voile de transpiration sur le front de Matt, et sentit l'odeur chaude et musquée qui émanait de lui. Elle jeta un regard au livre posé sur ses genoux et dissimula un sourire. Elle avait une petite idée de la raison pour laquelle il refusait de s'en séparer.

— J'ai toujours dit qu'en ce qui concerne le sexe, il faut parler franchement. Même si je n'en ai jamais fait tout un plat comme la plupart des gens, je n'ai pas de mal à parler de problèmes sexuels avec mes patients.

— C'est… c'est très bien, fit Matt d'une voix étranglée. Écoutez, Jennifer, j'ai réfléchi. Je me dois d'insister pour que vous alliez voir un vrai psy. Je ne pense pas être qualifié pour m'occuper de ça.

— Mais Matt, je me sens tellement bien avec vous. C'est comme si je vous connaissais depuis des années. Et, comme je vous l'ai dit, je ne pense pas que vous trahissiez je ne sais quelle relation médecin-patient, puisque vous n'êtes pas mon médecin. (Elle s'approcha et prit les poings crispés de Matt entre ses mains.) Je me sens tellement plus proche de vous que d'un simple médecin. C'est comme si nous étions amis. De très bons amis. Vous ne ressentez pas la même chose ?

— Amis ? Oui. Bien sûr, balbutia-t-il, ahuri.

Il avait du mal à mettre de l'ordre dans ses pensées. Il avait l'impression de sentir la chaleur du corps de Jennifer à travers le tissu de sa robe. Et l'odeur de son parfum qui se dégageait de la surface de peau dévoilée par son décolleté plongeant. Il n'osait pas regarder sa poitrine, de peur de ne plus pouvoir se maîtriser.

— Et les amis, ça s'entraide, pas vrai ?

Il hocha la tête, d'accord par avance avec tout ce qu'elle pourrait dire. Si elle lui avait demandé de courir nu sur l'autoroute, il aurait fait de son mieux pour la satisfaire.

— Quoi de mieux que l'amitié ? demanda Jennifer avec de grands yeux innocents.

Être amants. La réponse avait surgi instantanément dans son esprit. Il ignorait qu'une érection pouvait être aussi dure. Il se concentra de toutes ses forces sur *La Marseillaise*, essaya même de compter jusqu'à dix en français, mais c'était peine perdue. Toute résistance était vaine.

De son côté, Jennifer avait une éblouissante image mentale de ce qui pouvait être mieux que l'amitié. Elle se voyait, avec Matt, leurs deux corps entrelacés avec passion. Ils n'avaient jamais été amants. Elle n'avait que quatorze ans à l'époque, mais déjà, elle avait été consumée par les sentiments qu'elle éprouvait pour lui.

Matt se redressa, une lueur sauvage dans le regard. Il fit tomber sur le sol le livre posé sur ses genoux.

Jennifer sentit son cœur qui battait à tout rompre tandis qu'une étrange langueur l'envahissait. Ses seins étaient tendus à faire mal.

— Et puis merde ! marmonna Matt en fondant sur elle.

L'instant d'après, plusieurs choses se produisirent. Il l'attira à lui, plaquant sa poitrine contre son torse. Il l'entoura de ses bras comme s'il désirait la garder pour toujours. Puis sa bouche trouva la sienne, et les vannes s'ouvrirent vers le paradis.

C'est du moins ce que se dit Jennifer, car elle était au septième ciel. Elle accueillit la langue de Matt, joueuse, et frissonna de désir, comprenant qu'elle aspirait à la même intimité avec une autre partie de son corps.

Il est doué, le salaud, se dit-elle en lui taquinant la langue, essayant de rester passive dans ses bras pour se concentrer sur ce qu'elle ressentait, pour savourer les sensations qu'il lui procurait. Mais elle n'y parvint pas. Elle voulait lui rendre son baiser avec fougue, dessiner du bout de la langue le contour de ses lèvres sculpturales.

— Oh oui, gémit-elle, dans l'abandon le plus total.

Laissant échapper un juron, il la repoussa.

— Ça ne va pas fonctionner, Jennifer.

Il sauta sur ses pieds, comme s'il venait de se prendre une épingle à chapeau dans les fesses.

— Comment ça ? demanda-t-elle, s'efforçant de retrouver son souffle.

— Je n'arrive pas à revenir dans mon rôle de médecin. (Il se passa nerveusement la main dans les cheveux et se mit à faire les cent pas.) C'est la première fois que ça m'arrive. Ce doit être parce que je vous ai vue dans un contexte social avant de vous avoir comme patiente.

Jennifer avait l'impression d'être Ève essayant de tenter Adam.

— Mais Matt, je ne vous demande pas d'être mon médecin. Je connais les limites entre patient et médecin. Je ne vous demande rien qui porte atteinte à votre intégrité.

Elle avait un peu honte, car elle savait que c'était exactement ce qu'impliquait son plan de représailles.

— Alors qu'est-ce que vous attendez de moi ? s'écria-t-il.

Il semblait éperdu, exaspéré.

— Je ne sais pas, murmura Jennifer, soudain prise de doute.

Si elle ne l'avait pas vu au bar avec Lucas Wyman la veille, elle n'aurait jamais entrepris cette vendetta. Mais elle ne pouvait plus revenir en arrière.

Elle l'avait séduit, tourmenté. Elle l'avait délibérément rendu fou de désir pour elle. Mais elle était elle-même victime de la passion qu'elle avait éveillée. Jennifer croisa les bras : elle avait brusquement très froid, sans la chaleur du corps de Matt serré contre elle. Le désir la torturait. Littéralement. Elle n'aurait jamais cru que cela était physiquement possible, mais chaque centimètre de son corps vibrait douloureusement, en attente de ses caresses. Et il n'avait fait que l'embrasser. Mon Dieu, que se passerait-il s'il la touchait comme elle le désirait tant ?

Jennifer respirait avec peine. Avant ce jour, le sexe avait été pour elle une activité agréable, sans plus. Mais ce baiser avait tout bouleversé.

Pour la première fois de sa vie, elle était prête à découvrir à quel point faire l'amour pouvait être extraordinaire. Une facette avide et sensuelle de son être voulait réaliser cette expérience. Et une autre partie d'elle-même, qu'elle refusa d'écouter, voulait que ce soit Matt qui la lui fasse vivre.

Il revint vers elle et s'agenouilla à ses pieds.

— Hé, vous ne pleurez pas, tout de même ? demanda-t-il, de l'inquiétude dans la voix.

— Non, bien sûr que non. (Elle s'essuya le coin des yeux.) Matt, vous avez réveillé quelque chose en moi, avoua-t-elle sans mentir. Pourrions-nous continuer ?

— Je ne sais pas, répondit-il d'un air troublé. Toute cette histoire sent la faute professionnelle à plein nez.

— Mais non, s'empressa-t-elle de répliquer.

Encore une fois, elle se faisait du mal pour avoir été trop maligne. Si seulement elle lui avait dit dès le début qui elle était, elle ne se serait pas fourrée dans cette situation ridicule. Mais plus question de lui révéler son identité, à présent. Il penserait qu'elle s'était moquée de lui. Et il aurait raison.

— Matt, après tout, nous sommes deux adultes responsables, dit-elle avec tout le pouvoir de persuasion dont elle disposait. Tout ce que nous faisons est mutuellement consenti. Et si ça me permet de surmonter mon problème, alors on a tout à y gagner.

— Mutuellement consenti ? (Il s'assit à côté d'elle.) Franchement, docteur Monroe, j'ai l'impression que vous n'avez aucun problème, sexuellement parlant.

— Manifestement, docteur Penrose, répondit-elle en se glissant contre lui, vous avez un effet incroyable sur moi.

Pour le coup, elle ne mentait pas. Jennifer frotta sa jambe contre la sienne, mais il hésitait toujours.

— Allons, Matt, j'ai bien vu, à la façon dont vous m'avez embrassée, que vous aimeriez recommencer.

Soudain, elle se sentit intimidée et baissa les yeux.

— Et j'aimerais que vous m'embrassiez encore, ajouta-t-elle à voix basse.

— Vous êtes certaine qu'il y a consentement mutuel ? demanda-t-il encore.

Il leva la main et lui caressa les lèvres du bout des doigts.

Jennifer ferma les yeux, tentant de maîtriser les sensations qui envahissaient son corps.

— Oui, murmura-t-elle, j'en suis absolument certaine. Si vous faites quelque chose que je n'aime pas, je vous dirai d'arrêter.

Le battement de son cœur couvrit les hurlements de sa conscience.

— Très bien.

Il glissa les mains le long de sa gorge, hésita, effleura son pouls qui battait la chamade et entama une lente descente.

Chapitre 6

Jennifer crut que son cœur allait exploser. Il battait si fort que Matt devait l'entendre.

— Tu n'as rien entendu ? demanda-t-il soudain, un doigt hésitant suspendu au-dessus de l'ombre de son décolleté.

Quoi ? Jennifer s'humecta les lèvres, s'apprêtant à lui dire qu'il ne s'agissait que des battements déchaînés de son cœur, mais elle ne put prononcer un mot. Toute son attention était concentrée sur la main de Matt. Certaines parties de son corps n'en pouvaient plus d'attendre qu'il poursuive son exploration.

— Jennifer ? Jennifer ? appela une voix féminine.

Puis une cloche sonna. Étrange ! Allait-elle ensuite entendre des chants d'oiseaux ?

— Jennifer ? Jennifer Monroe, ouvre cette porte ! cria la femme.

Les coups sur le panneau de bois semblaient presque assez forts pour le briser, mais entamèrent à peine l'envoûtement sensuel qui enveloppait Jennifer.

Quand elle comprit enfin que le battement qu'elle entendait ne provenait pas de son cœur mais de son amie qui frappait à la porte d'entrée, elle chuchota :

— C'est Alva.

— Ouvre-moi, Jennifer, qu'est-ce qui se passe ? cria Alva.

— Elle va partir, murmura Matt, le regard trouble de désir.

— Qui ça ? demanda Jennifer, toute vibrante de l'envie de lui prendre la main pour la presser sur sa poitrine.

— Alva.

— Ah, oui.

Elle étranglerait Alva si elle ne partait pas. Immédiatement.

Les coups redoublèrent, et Matt soupira.

— Tu devrais peut-être aller voir.

Il remonta les doigts le long de sa gorge et lui caressa les lèvres. Il lui glissa la main derrière la nuque, l'attira doucement à lui et l'embrassa. Puis il s'écarta et se renfonça dans le canapé.

— Tu crois que tu pourrais te débarrasser d'elle ? demanda-t-il d'une voix basse et prometteuse de plaisirs à venir.

— Oui.

Mais elle ne bougea pas, toujours enveloppée dans la sensualité de l'instant qui venait de s'envoler. Elle secoua la tête, comme pour se libérer des effets d'une anesthésie.

Alva frappait toujours avec la même violence.

— Jennifer ? Jennifer, tu es là ?

Puis le portable de Jennifer se mit à sonner. Elle l'ignora également.

— Elle a l'air complètement paniquée. Tu devrais peut-être lui ouvrir, suggéra Matt avec un petit sourire.

— Très bien. Ouvrir la porte. D'accord.

Jennifer inspira un bon coup, soupira et se leva en chancelant. Elle se retint au dossier du canapé, qu'elle contourna pour aller ouvrir.

— Je vais peut-être réussir à la faire partir.

Et si elle ne part pas, j'engage un tueur, se dit-elle avec aigreur. Elle avait les jambes en coton. Aucun jury au monde ne pourrait la déclarer coupable.

Le regard brûlant, Matt suivit sa progression mal assurée. Les effets du sort qu'elle lui avait jeté étaient longs à disparaître. Son érection était toujours assez dure pour planter des clous, estima-t-il en se remettant à l'exercice mental de chanter la seule chanson française qu'il connaissait. Cette fois, sans la présence troublante de Jennifer à ses côtés, il parvint au moins à se souvenir de la première ligne.

Il regarda les livres étalés sur la table basse, et se demanda comment les choses avaient pu déraper aussi vite. D'accord, il n'avait pas eu de relation intime avec une femme depuis un certain temps, mais ce n'était pas une excuse. Quelque chose chez Jennifer avait éveillé en lui une fièvre qu'elle seule avait le pouvoir d'apaiser.

Grâce à cette interruption, il allait avoir le temps de prendre du recul et de revenir dans un terrain plus neutre. Le problème, comprit-il en se levant pour regarder par la fenêtre, c'était qu'il ne voulait pas d'une relation professionnelle. Il voulait terminer ce qu'ils avaient commencé.

Il l'entendait parler à voix basse avec son amie à la porte, mais ne comprenait pas ce qu'elles disaient. Il ferma les yeux et se laissa bercer par son timbre un peu rauque. Le son de sa voix le faisait frémir jusqu'au bout des doigts et attisait son désir.

— Qu'est-ce que tu veux, Alva ? interrogea Jennifer d'une voix sifflante.

— Qu'est-ce que je veux ? C'est la meilleure ! C'est toi qui m'as dit de passer à 19 heures, tu te souviens ? répliqua Alva. (Elle se mit sur la pointe des pieds pour regarder par-dessus l'épaule de Jennifer.) Qu'est-ce qui se passe, là-dedans ? C'est qui ?

Jennifer se déplaça pour l'empêcher de voir.

— Rien. J'ai de la visite. C'est seulement quelqu'un qui est venu pour un… pour un bilan psychologique.

Alva dressa la tête et considéra Jennifer d'un air pénétrant. Puis elle pouffa.

— C'est comme ça que tu appelles ça ! (Elle gloussa de nouveau.) Une bretelle de ta robe est descendue, et tu es coiffée comme si tu venais de faire une partie de catch sur le canapé de ton salon.

Jennifer rougit. Elle rajusta sa robe et aplatit ses cheveux.

— Bon, merci d'être passée, Alva, dit-elle assez fort pour que Matt puisse l'entendre.

Alva sourit mais fit mine de ne pas avoir saisi le message, cette traîtresse.

— Il n'y a pas de quoi, répondit-elle tout aussi fort.

Puis elle baissa la voix et ajouta dans un murmure de conspirateur :

— Maintenant, raconte-moi ce qui se passe. Qu'est-ce que tu fais ? T'as intérêt de me le dire, parce que je ne vais pas partir avant de savoir. Et puis, tu m'as demandé de t'aider. Alors accouche.

Jennifer soupira.

— S'il te plaît, Alva, rentre chez toi. Je te dirai tout. Peut-être. Demain.

— Ce n'est pas assez, Jen, chantonna Alva.

— Eh bien, tu devras t'en contenter pour l'instant, siffla-t-elle. Va-t'en.

Sans crier gare, Alva plongea sous le bras de Jennifer et entra dans le salon.

— Docteur Penrose, quelle surprise !

Il n'y avait aucune surprise dans le ton de sa voix, mais il y en avait dans le regard qu'elle jeta à Jennifer.

Matt fit un signe de tête et s'avança vers elle.

— Mademoiselle Hernandez.

Alva fit un petit signe de la main :

— Oh, pas de formalités, dit-elle d'un ton léger. Appelez-moi Alva. (Elle lui fit un large sourire.) Et je vous appellerai docteur Beau Gosse.

Il rit, et Jennifer se renfrogna devant l'attitude charmeuse d'Alva.

— Et pourquoi pas Matt ? suggéra-t-il.

Alva acquiesça.

— Je ne savais pas que vous et Jennifer vous connaissiez si bien.

Son regard s'éclaira quand elle vit les verres de vin sur la table basse.

— Oh, du vin ! Il a l'air bon. Je crois que je vais me servir un petit verre. Je bois toujours un verre avant le dîner.

Elle sourit et quitta la pièce, puis reprit depuis la porte de la cuisine :

— Ah, au fait, Jen, qu'est-ce que tu vas me faire de bon ? J'attends ce repas depuis ce matin.

Elle allait lui faire payer, se promit Jennifer. Elle obligerait Alva à venir à la pêche avec elle et la forcerait à empaler un ver sur un hameçon, ou peut-être même à vider un poisson. D'une façon ou d'une autre, elle se vengerait.

Jennifer posa son regard sur Matt, qui sortait de sa poche les clés de sa voiture.

— Tu t'en vas ?

Elle ne put dissimuler la déception dans sa voix.

Il haussa les épaules.

— Ben oui, puisque vous avez prévu un dîner.

Jennifer se serait donné des gifles pour se punir d'avoir fomenté une conspiration aussi ridicule.

— Je suis désolée, dit-elle sincèrement, j'avais complètement oublié.

Matt esquissa un sourire forcé.

— Pas de souci. C'est peut-être mieux comme ça.

— Je vous ressers un verre ? proposa Alva depuis la cuisine.

— Non, merci, répondit Jennifer en serrant les dents.

Matt l'attira contre lui. Jennifer était contrariée de le voir partir. Elle fit glisser ses mains sur ses bras. Elle l'inviterait le lendemain soir pour dîner.

Sirotant un verre de vin, Alva sortit de la cuisine. Jennifer et Matt se séparèrent en hâte. Jennifer croisa les bras.

— Très bon vin. (Alva leur sourit avec malice.) Je n'ai rien interrompu, au moins ?

Elle s'assit dans un des fauteuils vert foncé.

— Non, vous n'avez rien interrompu, répondit Matt d'une voix qui dissimulait mal sa déception.

Non, tu avais déjà tout gâché, rumina Jennifer. *Et je suis sûre que ça t'amuse, en plus.*

Alva retira ses chaussures d'un coup de pied.

— Ah, ça fait du bien. J'ai passé tout l'après-midi à un défilé de mode au centre commercial, et je suis allée faire les boutiques pour acheter des vêtements que j'avais repérés.

Jennifer s'assit sur le bord de l'autre fauteuil. Bien sûr, tout était sa faute. C'était elle qui avait demandé à Alva de passer. Mais son amie ne comprenait-elle pas que la situation avait changé ? Pourquoi n'avait-elle pas saisi les signaux pourtant peu subtils que Jennifer lui avait envoyés ? Mais non, Alva avait l'air bien décidée à rester. Matt joua avec ses clés, ce qui l'incita à agir :

— Alva, est-ce que je peux te voir dans la cuisine une minute ?

— Bien sûr, voyons ce que tu m'as préparé pour le dîner.

Matt semblait hésiter à partir. Peut-être espérait-il lui aussi qu'Alva allait disparaître comme par miracle.

— Je pense que je vais y aller, répéta-t-il sans joindre le geste à la parole.

— Je suis sûre que Jennifer ne verra pas d'inconvénient à ce que vous restiez, dit Alva. On avait prévu de discuter entre filles toute la soirée. Elle ne vous a pas prévenu ?

— Non, elle a dû oublier, répondit Matt. Dans ce cas, je vais vous laisser passer la soirée entre vous.

Jennifer fit un bond.

— Non, non, ce n'est pas la peine, Alva a sûrement eu un changement de programme de dernière minute. N'est-ce pas, Alva ?

— Mais non, Jen. Ça va être super, ce soir. J'adorerais que Matt se joigne à nous. On pourrait tous faire connaissance.

— Non, je ne vais pas pouvoir rester. Mais je vous remercie. Ce fut un plaisir de vous revoir, Alva.

Jennifer se précipita à ses côtés.

— Je vais te raccompagner.

Elle aurait dû être soulagée de l'interruption, mais ce n'était pas le cas. Au contraire, elle était très énervée. Et incroyablement en colère contre Alva. Parfois, le sens de l'humour de son amie était à la limite de la perversité.

Si elle n'était pas venue, qui sait ce qu'elle et Matt auraient fait ? La déception se fit plus vive encore. Aurait-elle un jour l'occasion de le découvrir ?

Sur le pas de la porte, ils se regardèrent d'un air gêné. Finalement, Matt se décida à parler.

— Je t'appelle, d'accord ?

Jennifer hocha la tête.

— Oui, s'il te plaît. On n'a même pas eu le temps de parler des livres, ajouta-t-elle, cherchant désespérément à trouver une bonne raison de le faire revenir.

— Non. (Il rougit.) Peut-être la prochaine fois.

— Bien sûr.

Jennifer avait l'impression d'être la plus grosse truffe de l'univers.

Après son départ, elle ferma la porte et s'appuya contre le battant, rassemblant ses forces pour la confrontation avec Alva. Cette fouineuse ne serait pas satisfaite avant de lui avoir soutiré les plus petits détails.

— OK, alors qu'est-ce qui se passe entre toi et le docteur Beau Gosse ? demanda Alva dès que Jennifer posa un pied dans le salon.

— C'est une longue histoire, mais d'abord laisse-moi te dire que je t'égorgerais avec joie.

— Voyons, docteur Monroe, une psychologue telle que vous… (Alva sourit.) J'ai tout mon temps. Crache le morceau.

— Très bien, grommela Jennifer. Mais avant, je vais me resservir un verre et nous faire quelques sandwichs, puisque tu tiens tant à ce que je te nourrisse. Je n'ai pas la force de faire la cuisine.

— Ouais, je m'en doute bien.

Devant l'air renfrogné de Jennifer, elle ajouta :

— Hé, je n'ai fait que suivre tes instructions, je te signale.

— Je ne me souviens pas t'avoir demandé de jouer les chaperons.

— Et qu'est-ce qui me disait que tu n'étais pas prise en otage ? (Alva se leva.) Je vais te donner un coup de main. On pourra en parler pendant que tu fais la popote.

Elle s'arrêta et ramassa le livre que Matt avait fait tomber par terre. Jennifer retint son souffle, espérant qu'elle allait le reposer sans en regarder le titre.

— Jennifer, je suppose que ça ne me regarde pas…, commença Alva.

— Mais ce genre de considération ne t'a jamais arrêtée, grogna Jennifer.

Alva s'assit au bord du canapé et passa en revue les livres posés sur la table, écarquillant un peu plus les yeux à chaque titre qu'elle lisait.

— OK, alors, qu'est-ce qui se passe ? Et ne me raconte pas que tu donnais des conseils au docteur Penrose pour des questions de sexualité. Primo, il est un peu plus vieux que ta clientèle habituelle d'adolescents, et secundo, tu ne vas pas me faire croire qu'un mec comme lui puisse avoir des problèmes sexuels.

Elle prit un livre de textes érotiques et le feuilleta, s'arrêtant en plein milieu pour y lire quelques phrases.

— Il y a quelque chose de pas net, là-dedans. Qu'est-ce qui se passe entre toi et le gentil docteur ?

Jennifer alluma la lumière, et la cuisine plongée dans l'obscurité sembla revenir à la vie. Elle reboucha la bouteille de vin avant de la ranger, puis sortit du réfrigérateur une laitue croquante, des tomates fraîches, des tranches de blanc de dinde, du fromage et une miche de pain complet.

Alva se laissa tomber sur un tabouret de bar, devant le comptoir de la cuisine, et posa les coudes sur le plan de travail de granit vert. Elle regarda Jennifer s'activer pendant quelques secondes, puis lâcha une nouvelle salve de questions :

— C'est quel genre de docteur, ce Matt Penrose ? Depuis combien de temps vous vous connaissez ? Qu'est-ce que vous faisiez quand je suis arrivée ?

Jennifer poussa un profond soupir en coupant ses tomates. Quand elle eut terminé les sandwichs, elle tenta d'expliquer à Alva ce qui s'était passé.

— Il est vraiment gynéco ? (Alva éclata de rire.) Tu rigoles ? Et tu as monté toute cette histoire parce que je me suis moquée de ta vie sexuelle ?

— Mais non, pas du tout, protesta Jennifer. (Elle rinça la cafetière.) Tu veux du déca ou du vrai ?

— Du vrai, s'il te plaît. La caféine va peut-être m'aider à réfléchir. Parce que, pour l'instant, je n'y comprends rien.

— Je sais. J'ai le même problème, murmura Jennifer.

— Mais pourquoi tu ne lui as pas dit qui tu étais, l'autre jour, à son cabinet ? demanda Alva, prenant dans un tiroir deux sets de table en paille tressée.

Jennifer posa les assiettes sur la table. Alva plaça les serviettes à côté et s'affala sur une chaise au revêtement bordeaux.

— J'ai perdu mes moyens, Alva. D'un seul coup, je n'étais plus une psychologue réputée, mais je redevenais la fille de quatorze ans, timide et maladroite, que j'étais quand j'ai connu Matt au lycée.

Jennifer prit des tasses et des soucoupes dans le buffet. L'arôme du café envahit la pièce. Pour gagner du temps, elle attendit devant la cafetière, essayant de maîtriser ses émotions. Quand le café eut fini de couler, elle remplit les tasses et les apporta à table.

—Je ne sais pas ce qui s'est passé. Je l'ai regardé, et je ne savais plus comment je m'appelais. Comme la première fois que je l'ai rencontré. (Elle leva la tête et croisa brièvement les yeux de son amie.) Alva, à quatorze ans, je savais que c'était l'homme de ma vie.

—Et qu'est-ce qui s'est passé ? Pourquoi n'as-tu pas toute une portée de mini-Penrose pour te casser les pieds ?

Jennifer soupira.

—Oh, le seul problème, c'est qu'il ne savait pas que j'existais. Au début. Après, j'ai découvert que mon colosse avait des pieds d'argile.

—Arrête de débiter des clichés et raconte-moi, s'exaspéra Alva.

Jennifer prit son sandwich et le reposa.

—Ma mère et moi, on a emménagé à Lake Grayson l'été où j'allais entrer au lycée. J'ai vu Matt au supermarché, il travaillait au rayon fruits et légumes. (Elle triturait son sandwich en parlant.) Quand les cours ont commencé, je le croisais souvent dans les couloirs. Il était en terminale, quarterback de l'équipe de football, et c'était le M. Parfait du lycée. Je retirais mes lunettes chaque fois que je le croisais, pour être plus jolie. Mais j'étais myope comme une taupe et je n'y voyais rien sans mes lunettes. Un jour, j'ai fait ça alors que je courais après le bus et je suis tombée sur lui. Au sens propre. (Ce souvenir la fit sourire.) Toutes nos affaires se sont envolées dans tous les sens. Le temps qu'on ramasse tout, j'avais raté le bus.

— Laisse-moi deviner. Il t'a raccompagnée, il a compris que tu étais une personne formidable et il t'a proposé un rencard.

— Pas vraiment. Il m'a effectivement ramenée chez moi. On a commencé à parler, et... je ne sais pas, il y a eu comme un déclic. C'était comme si j'aimais tout ce qu'il aimait, et *vice versa*. On se parlait régulièrement. Il m'appelait le soir et on discutait pendant des heures. C'était différent de ce que j'avais connu avec les autres garçons. Tout ce qu'ils m'avaient apporté jusque-là, c'étaient des déceptions. Et ce, depuis mes douze ans, depuis que ces deux-là ont commencé à gonfler, fulmina-t-elle en désignant ses seins.

— Je comprends. Il y a une fille comme toi dans chaque lycée, fit remarquer Alva. On en avait une, nous aussi. À peine un mètre cinquante, et elle faisait au moins du 95C en seconde.

— Eh bien, c'était mon cas. C'était comme si on m'avait gonflée à l'hélium pendant la nuit. Enfin bref, les garçons ne me laissaient pas de répit. À quatorze ans, j'avais eu mon compte de moqueries, de regards libidineux et de pelotages prétendument accidentels.

— Ma pauvre petite. Je n'avais jamais vu les choses sous cet angle-là. J'enviais les filles comme toi.

— Matt n'a rien fait de tout ça, poursuivit Jennifer d'une voix douce. Il me parlait et m'écoutait, comme s'il pensait que j'avais quelque chose d'intéressant à dire. Il me regardait dans les yeux, pas plus bas, et j'avais l'impression d'être une vraie personne, pas juste une paire de seins.

— C'est pour ça que tu t'es spécialisée dans la psychologie des adolescents ?

— Ouaip. Je connais bien les difficultés des ados. Même au lycée, je savais déjà que je voulais être psychiatre ou psychologue. Pour aider les gens. Matt voulait devenir médecin, il me l'avait dit. Sa tante, qui apparemment était presque une sœur pour lui, est morte d'un cancer. Ça l'a profondément marqué. Et j'ai appris récemment que son grand-père était médecin.

— S'il était si génial, qu'est-ce qui s'est passé ?

— Juste avant le bal de Noël, la grande soirée du lycée, il a rompu avec sa copine. À ma grande surprise et pour mon plus grand bonheur, il m'a demandé d'être sa cavalière.

Alva applaudit.

— Un rêve de jeune fille qui devient réalité.

— Plutôt un cauchemar. Ma mère était fauchée. On a dû aller jusqu'à Detroit pour faire les magasins. On a trouvé une magnifique robe noire à bretelles fines. Je me souviens, il y avait une orchidée brodée au fil de soie qui s'étendait sur toute la hauteur de la robe.

— Tu comptes manger ton sandwich ? demanda Alva, interrompant le fil de ses pensées.

— Non, vas-y.

Jennifer poussa son assiette vers son amie, qui se servit.

— Continue, l'encouragea-t-elle. Qu'est-ce qui s'est passé au bal ?

— Matt est passé me prendre et il avait l'air très mal à l'aise. Je ne le reconnaissais pas. Je me souviens que j'ai pensé que c'était peut-être parce que je portais mon manteau habituel par-dessus ma robe. Je trouvais que j'avais l'air complètement naze et j'avais peur qu'il soit du même avis. Mais, quand j'ai enlevé mon manteau, je me suis sentie belle. J'avais même laissé mes lunettes à la maison. On est allés au bal et on a mis nos manteaux au vestiaire. Quand on est entrés dans la salle, tous ses potes de l'équipe et leurs copines nous attendaient, alignés en rang d'oignons.

» Ils m'ont tous scrutée de la tête aux pieds, et j'ai eu droit aux sifflements habituels, et tout ce qui va avec. Les filles m'ont regardée comme si elles mouraient d'envie de verser du poison dans mon verre de punch. Matt est devenu aussi rouge que les rubans de Noël accrochés à la porte. Un mec s'est mis à chanter : « Jenny déborde de sa robe ! » J'aurais voulu ramper dans un trou de souris et y rester pour toujours. J'ai essayé de faire comme si de rien n'était. Même quand ils se sont mis à féliciter Matt avec de grandes tapes sur l'épaule, je n'ai rien dit.

— Pardonne-moi de te demander ça, mais pourquoi est-ce qu'ils le félicitaient ?

— Matt m'a entraînée à l'écart. Je me suis dit qu'il devait avoir honte de moi. Je suis restée pétrifiée et j'ai fait la tête toute la soirée. Plus tard, aux toilettes, j'ai pris sur moi et j'ai demandé à la copine de l'entraîneur de quoi il s'agissait. Elle m'a dit que l'équipe avait fait un pari pour savoir si tout ça m'appartenait ou si je mettais des chaussettes dans mon soutien-gorge. Matt avait été choisi pour avoir la preuve.

— Quels crétins. Le mâle de l'espèce humaine est vraiment odieux.

— J'ai essayé de ne pas montrer que j'étais au courant de tout. Je ne leur aurais pas donné la satisfaction de savoir à quel point j'étais blessée. Inutile de dire que ni Matt ni moi n'avons passé une bonne soirée. Quand il m'a ramenée à la maison, il m'a embrassée, et je lui ai rendu son baiser. Je ne sais pas ce qui m'a pris, dans cette voiture devant chez moi, mais j'aurais été une femme perdue de quatorze ans si ma mère n'avait pas ouvert la porte.

— Qu'est-ce qui s'est passé ensuite ? demanda Alva avec curiosité.

— La suite, tu la devines facilement. Le lendemain matin, le téléphone a sonné. C'était un pote de Matt qui voulait m'inviter au cinéma. Il a eu le culot de me dire qu'on lui avait raconté que j'étais un bon coup.

— Tu veux dire que Matt était un de ces abrutis qui raconte à tout le monde qu'il a couché avec toi après un vulgaire bisou ?

— Apparemment.

— Et qu'est-ce qu'il a dit pour se justifier ?

— Je ne lui ai plus jamais adressé la parole. Fin de l'histoire.

Jennifer se leva et commença à débarrasser la table.

— Ma mère a eu une offre d'emploi la semaine suivante, et on est parties à Saint Louis avant la rentrée de janvier. Je n'ai plus jamais revu Matt. Jusqu'à l'autre jour.

— Waouh ! Alors Matt a abusé de toi et de ta confiance, et tu veux lui rendre la pareille. Avec les intérêts.

— Quelque chose comme ça, répondit Jennifer d'un air grave.

— Alors à quoi tu jouais, à le bécoter sur le canapé ?

— Je n'en sais rien.

— Allez, Jennifer, tu peux faire mieux que ça !

En remplissant le lave-vaisselle, elle raconta à Alva que Matt croyait qu'elle avait peur des hommes médecins.

— Quand j'ai vu Matt discuter avec mon cher voisin Wyman, j'ai tout de suite su qu'ils parlaient de moi. Ou au moins d'une partie de ma personne.

Alva hocha la tête.

— C'est le seul sujet de conversation de Lucas Wyman. Il ne voit jamais les femmes comme des personnes. Pour lui, elles se résument à des portions d'anatomie.

— J'ai vu rouge. J'étais si énervée que j'ai décidé, pour une fois, de montrer à un homme ce que ça fait d'être un objet sexuel.

— Et quel meilleur choix que l'homme que tu as aimé et qui t'a trahie ? Après ce que tu m'as raconté, je dois admettre qu'il l'a bien mérité. Et, pour couronner le tout, il est canon. (Elle gloussa.) Et comment est-ce que tu comptais lui donner cette bonne leçon ?

— Je lui ai fait croire que j'avais des complexes, et je lui ai demandé de m'aider à surmonter mes inhibitions sexuelles.

Jennifer détourna les yeux et acheva dans un murmure indistinct :

— En gros, je l'ai supplié d'être mon mentor sexuel.

Alva éclata de rire.

— Il faut bien être un homme pour tomber dans le panneau. Donc, tu as décidé de l'allumer, de l'embrouiller, et de le mettre à la porte dès que j'arriverais pour interrompre la séance de tutorat intime. C'est ça ?

— Oui, à peu de choses près.

— Mais ça n'explique pas les galipettes sur le canapé de ton salon. Vous en étiez où, quand je suis venue à la rescousse ?

— On s'est juste embrassés, marmonna Jennifer, peu désireuse de discuter avec Alva des événements de la soirée.

Parler d'histoires anciennes était une chose, mais celle-ci était trop récente.

— Tu files un mauvais coton, Jen. Si j'avais eu cinq minutes de retard, je t'aurais trouvée les fesses à l'air.

— Je sais, grogna Jennifer. Je ne sais pas à quel moment les choses ont dérapé. Je l'excitais tranquillement, et l'instant d'après je le désirais tellement que j'en avais mal. Je n'avais jamais ressenti ça, Alva.

— Tu es complètement à l'ouest. On dirait que ton amour d'ado s'est transformé en amour d'adulte, avec une bonne dose de libido pour assaisonner le tout.

Jennifer avait peur de réfléchir à ce qu'Alva venait de dire. L'idée était trop effrayante.

— Alors qu'est-ce que tu vas faire, maintenant ?

Jennifer traversa la pièce et regarda à travers les portes-fenêtres qui donnaient sur le balcon.

— Me tenir à carreau, j'imagine.

— Tu sais, le peu que j'aie vu de Matt, il ne me semble pas être le genre à se vanter auprès d'un type comme Wyman.

— Je dois admettre que tu marques un point, mais au lycée, je n'aurais jamais pensé qu'il était le genre à faire un pari sur mes seins et à faire courir des calomnies à mon sujet.

— Les gens changent. Ce n'était qu'un gamin, à l'époque, et les gamins peuvent être vraiment très bêtes. Surtout quand ils ont les hormones qui les titillent. (Alva poussa un soupir.) Mais, même si tu veux le revoir, tu courras toujours le risque qu'il te reconnaisse. Tu devras faire attention dès que tu feras la moindre référence à ta jeunesse. Si tu le présentes à ta mère, tu devras lui faire promettre de ne rien dire. Tu ne pourras pas lui dire dans quel lycée tu es allée. Tssss ! Tu t'es mise dans de beaux draps en décidant de te venger !

— Tu m'en diras tant…

Jennifer était plus déprimée que jamais après le petit discours de son amie.

— Bon, il faut que j'y aille, Jen. (Elle la serra dans ses bras.) Ne t'en fais pas trop. Peut-être qu'il ne te reconnaîtra jamais.

Jennifer éclata de rire pour la première fois.

— Parfois, je m'étonne que ma propre mère me reconnaisse. Si tu m'avais connue au lycée, tu comprendrais. Des lunettes, des cheveux longs et une frange jusqu'aux yeux. Le seul point commun, c'est mon tour de poitrine.

— Ce doit être un élément assez mémorable si c'est tout ce qui l'intéressait.

— Il faut croire que non.

— Pourquoi ne l'appelles-tu pas pour tout lui expliquer ? Présente les choses avec humour, comme une blague. Je suis sûre qu'il comprendra.

— Tu comprendrais, toi, si quelqu'un te faisait un coup pareil ?

— Non, mais je ne suis pas un homme en rut qui en a après ton corps. Tu sais quoi, je me suis souvent demandé… est-ce que les gynécos connaissent des trucs spéciaux pour faire jouir une femme ?

Jennifer ne savait pas ce que Matt valait au lit. Elle ne voulait surtout pas y penser. Mais elle savait qu'en matière de baisers, cet homme était un maître.

— Alva, tu n'es pas sortable. Rentre chez toi.

— Eh bien, dans le pire des cas, tu pourras toujours te servir des techniques décrites dans ce bouquin érotique. Si je me souviens bien, tu devrais trouver un bon truc au chapitre dix-neuf. (Elle lui fit un clin d'œil.) D'abord tu avoues tout, puis tu sors la crème chantilly.

Chapitre 7

De la pointe de son stylo en or, Matt tapotait le dossier ouvert devant lui. Rêveur, il se pencha en arrière dans son fauteuil de cuir noir et posa les pieds sur le bureau encombré. Les informations notées dans ce dossier ne l'aidaient en rien à comprendre la Jennifer Monroe qu'il avait rencontrée.

Hormis l'adresse de ses parents, qui vivaient à l'est de Dallas, il n'avait rien appris de nouveau. Il savait déjà qu'elle était en bonne santé, que son poids était normal, et il connaissait sa taille approximative. Ah oui, et elle aimait la pêche. Peu de femmes avaient ce genre de passion.

La veille au soir, nerveux et pour le moins frustré, il avait eu du mal à dormir, repensant à Jennifer, à la forme de ses lèvres quand elle avait mordu dans les fraises bien mûres, à sa voix essoufflée quand le désir brûlait dans son regard. Et il savait reconnaître le désir quand il le voyait. Il gémit. La saveur de sa bouche quand il l'avait embrassée. Il avait discerné tout cela, et plus encore. En fait, il avait probablement décelé certains aspects de sa personnalité dont elle-même n'avait pas conscience. Par exemple, sa nature profondément charnelle.

Tout, dans son intérieur, indiquait une personnalité passionnée qui se délectait de tout ce qui faisait appel aux sens. Les couleurs riches et éclatantes. Les dorés chatoyants, les bordeaux intenses, les sombres verts émeraude, la senteur de jasmin qui semblait imprégner l'air, la musique douce et sensuelle en fond sonore, les textures voluptueuses du velours et du damas, du lin et de la soie.

Et la preuve la plus révélatrice : sa façon de savourer un verre de vin ou la douceur d'une fraise, la façon dont elle semblait vouloir absorber ses caresses. Il se surprit à s'exciter rien qu'en pensant à elle. Cultivait-elle cette sensualité à la maison parce qu'elle devait garder une apparence classique et professionnelle au travail ? Ou était-ce une surcompensation du refoulement sexuel dont elle prétendait souffrir, même si Matt commençait à douter de ses dires ? Au moins, il pouvait réfléchir à tête reposée quand il était loin d'elle.

Était-il donc le premier homme à libérer cette sensualité enfouie ? Et si ce n'était pas le cas, pourquoi lui avait-elle menti à ce sujet ?

Il était prêt à parier que sa chambre à coucher était d'une sensualité inoubliable. Et il ne demandait qu'à voir, se dit-il en soupirant. Mais, au moins autant qu'il désirait son corps, il appréciait son regard pétillant d'intelligence. Il n'était pas homme à aimer les idiotes. Il ne comprenait pas comment certaines personnes, comme son ami Kevin, pouvaient coucher avec une femme incapable d'avoir une vraie discussion en dehors de la chambre.

Il laissa échapper un bâillement. Quand il réussit enfin à trouver le sommeil, Jennifer lui apparut aussitôt. La sonnerie du réveil l'avait arraché à un rêve haletant, où il se roulait avec elle dans un champ de fraises. Son bâillement se changea en sourire quand il se remémora son rêve érotique.

Par chance, Sylvia était rentrée plus tôt que prévu de son voyage et avait récupéré ses patientes. Celles de Matt étant relativement peu nombreuses, il avait déjà terminé sa journée.

Il referma le dossier de Jennifer, puisque garder les yeux rivés dessus ne lui apportait pas de réponse. Il mourait d'envie de la revoir, mais ne voulait pas qu'elle croie que seul le sexe l'intéressait. Bien sûr, ça l'intéressait, mais elle ne devait pas penser qu'il souhaitait seulement reprendre ce qu'ils avaient interrompu. Certes, il le voulait aussi, mais ce qu'il désirait plus encore, c'était entamer une véritable relation avec elle. Matt fronça les sourcils, s'efforçant d'analyser ce qu'il voulait vraiment. Mais ça, il n'était pas prêt à le regarder en face.

Il reposa les pieds sur le sol. Toutes ces réflexions n'aboutissaient qu'à une chose : il devait trouver une bonne raison de l'appeler. *C'est le moment d'être inventif*, s'exhorta-t-il en se levant pour faire les cent pas. *Trouve une chose à laquelle elle ne pourra pas dire « non »*. Même si elle n'avait pas semblé réticente à l'idée qu'il l'appelle, il devait trouver une parade au cas où elle regretterait ce qui s'était passé entre eux.

La veille, elle avait répondu à son désir, sauvagement, même ; mais si elle craignait réellement les contacts intimes, ce qui s'était produit pouvait la faire fuir. Elle lui avait demandé de l'aider à surmonter ses blocages, mais elle ne s'attendait probablement pas à une approche aussi directe. Une fois encore, il se demanda comment elle pouvait bien se croire frigide.

Et si elle ne voulait plus le revoir ? Il n'aurait pas dû attendre aussi longtemps avant de l'appeler. Il lui avait donné trop de temps pour repenser à l'incident. En fait, plus il attendait, plus il courait le risque qu'elle soit résolue à ne plus le revoir. Il ne devait pas lui en laisser le loisir.

Et puis zut, tout ce qu'il fallait, c'était qu'elle accepte de le revoir. Matt retourna le problème dans tous les sens, essayant d'inventer une excuse crédible. Au désespoir, il prit son iPhone et se mit à chercher sur Internet une occasion de l'inviter.

Un concert des Killers ? Non, elle avait passé de la musique classique la veille. Carrie Underwood ? Est-ce que les amateurs de classique peuvent aimer aussi la country-pop ? Hum. Il poursuivit sa recherche. La seule chose susceptible de les intéresser tous les deux était une exposition à l'Institut de recherche et d'études féministes de Dallas. *Esclavage : le point de vue d'une femme*. En tant que femme et psychologue, elle s'intéressait sûrement à ce genre de chose. Et, ce soir justement, l'exposition était ouverte au public jusqu'à 22 heures. Il espérait seulement qu'il ne s'agissait pas de l'un de ces dénigrements systématiques de la masculinité que certaines femmes adoraient mettre en place. Mais, pour avoir l'occasion de revoir Jennifer, il pouvait bien supporter un peu de dénigrement s'il le fallait. Aucune réservation n'était nécessaire, on ne demandait qu'une petite contribution à l'entrée. Parfait pour un rendez-vous impromptu.

Matt composa le numéro du cabinet de Jennifer. Peut-être, se dit-il avec fierté, le verrait-elle comme un type à l'esprit ouvert, à l'aise dans sa masculinité, et non pas comme un homme des cavernes qui ne s'intéressait aux femmes que pour une seule chose.

La réceptionniste l'informa que Jennifer était en consultation. Après toute cette torture mentale, il dut se contenter de laisser un message :

— Demandez-lui de me rappeler quand elle sera libre, s'il vous plaît.

Il donna son numéro de portable et raccrocha, puis attendit impatiemment, tuant le temps comme il pouvait. Au bout de deux heures, comme Jennifer n'avait pas rappelé, il recomposa son numéro mais retomba sur la réceptionniste. En soupirant, il lui demanda d'informer Jennifer de son appel, éteignit la lumière et sortit.

Cathy Zelig reposa le combiné.

— En voilà un qui n'abandonne pas facilement, il faut le reconnaître.

— De qui parlez-vous ? demanda Jennifer en sortant de son bureau, sa mallette à la main.

— De ce docteur Penrose.

— Matt a appelé ?

— Matt ? répéta Cathy d'un air entendu. Alors maintenant, c'est Matt ?

Jennifer rougit et récupéra son agenda sur le bureau de Cathy. Elle le feuilleta, les sourcils froncés, comme si elle y cherchait quelque chose d'important.

— Oui enfin, le docteur Penrose, quoi. Pourquoi ne m'avez-vous pas transmis son appel ? demanda-t-elle d'un air nonchalant.

— Pourquoi ? s'étrangla Cathy. La semaine dernière, vous m'avez dit que vous ne vouliez jamais plus lui adresser la parole. Ça ne vous dit rien ? Vous m'avez dit de mentir pour vous couvrir.

— Ah, ça, fit Jennifer sans conviction. Eh bien, s'il rappelle (Elle se racla la gorge et essaya de paraître désinvolte.) passez-le-moi. A-t-il laissé un message ?

— Il m'a demandé de vous dire qu'il avait appelé.

L'humeur enjouée de Jennifer s'assombrit. Elle n'avait pas pensé à dire à Cathy que Matt était entré dans ses bonnes grâces. Et elle avait attendu son appel toute la journée.

— Je suis désolée. Est-ce que j'ai gaffé ? Vous voulez que je le rappelle ?

— Non, vous n'avez pas gaffé. Ne vous embêtez pas à le rappeler.

Elle s'interrompit, se mordillant la lèvre inférieure d'un air pensif. Puis elle soupira.

— C'est peut-être mieux comme ça.

Il avait fait son devoir en l'appelant. Il valait peut-être mieux à présent oublier l'incident. Elle n'avait pas fait preuve de beaucoup de discernement. Elle avait manqué de maturité en le dupant pour l'entraîner chez elle. Matt devait penser qu'il n'avait plus qu'à claquer des doigts pour l'avoir dans son lit. S'il pensait à présent pouvoir la baiser sans fournir le moindre effort, comme l'inviter au restaurant, lui envoyer des fleurs et tout ce qui va avec, elle l'aurait bien cherché.

Déprimée à cette pensée, elle décida de rentrer à la maison comme prévu, où elle recevait ses parents pour leur dîner hebdomadaire. Elle regarda sa montre. Ils devaient déjà être arrivés et entrés avec la clé qu'elle leur avait confiée.

— Bonne soirée, Cathy.

Elle sortit, mais s'arrêta net avant d'avoir atteint l'ascenseur. *Mince.* Elle fit demi-tour en toute hâte et se précipita dans son bureau.

— Si Matt rappelle, donnez-lui mon numéro de portable ! cria-t-elle à sa secrétaire abasourdie.

Elle n'attendit pas la réponse de Cathy. Elle se sentait suffisamment bête, elle n'avait pas besoin de le lire dans les yeux de sa secrétaire.

Jennifer rentra directement chez elle. Ses parents allaient peut-être lui faire oublier Matt. Presque tous les lundis pendant la saison de football, sa mère rappliquait avec un bon dîner dans un grand panier à pique-nique, comme si c'était sa seule occasion de la semaine de manger correctement. Jennifer ne put s'empêcher de sourire. Ils allaient dîner ensemble, puis elle papoterait avec sa mère pendant que son père regarderait le match.

Parfois, sa mère apportait aussi le dessert. Sinon, elle préparait un petit quelque chose dans la cuisine de Jennifer. Alors, à la mi-temps, ils dégustaient ce qu'elle avait concocté.

Sa mère avait peut-être apporté son quatre-quarts spécial. Une grosse part de gâteau, voilà exactement ce qu'il lui fallait. Avec une boule de glace à la vanille et un bon nappage au chocolat bien épais. Jennifer poussa un profond soupir. Alva avait raison. Elle s'était enlisée dans une routine bien confortable. Mais, brusquement, la platitude de ses journées la rendit nostalgique d'une période où sa vie était un peu plus mouvementée. Même les routines confortables finissent par vous rendre claustrophobe.

En arrivant au parking de son immeuble, elle aperçut la Chevrolet blanche de ses parents. Elle ravala son mécontentement et se dépêcha de rentrer.

Une odeur de poulet grillé l'accueillit lorsqu'elle ouvrit la porte.

— Salut maman, salut papa. Je suis rentrée, appela-t-elle en verrouillant la porte derrière elle.

— Jenny, viens m'embrasser, cria son père depuis le canapé.

Elle ôta son manteau noir et le suspendit dans le petit placard à côté de la porte, puis entra dans le salon.

Ed Monroe était affalé sur le canapé, la tête bien calée sur les coussins de velours. Jennifer se pencha pour l'embrasser sur la joue.

— Tu t'es installé pour la soirée, on dirait.

Affectueusement, elle lui pinça le nez.

Veronica Monroe sortit de la cuisine en s'essuyant les mains sur un torchon.

Jennifer serra sa mère dans ses bras.

— C'est du poulet grillé que je sens ?

Sa mère hocha la tête.

— Le dîner est prêt. Tu veux te changer d'abord, ou on mange tout de suite ?

— Je crois que je vais mettre quelque chose de plus confortable. Je reviens dans deux minutes.

Sa mère acquiesça et s'assit sur le bord du canapé, à côté de son époux.

— Prends ton temps, Jenny. Je serai occupée à harceler ton père.

Jennifer sourit en voyant sa mère se pencher pour embrasser son père, qui lui prit le visage entre les mains. Elle aussi voulait ce genre de relation, elle aussi, comprit Jennifer avec mélancolie. Mais le véritable amour lui avait pour l'instant échappé. Elle n'avait connu que des relations sans passion qui s'étaient terminées comme elles avaient commencé : sans éclat.

Sa mère non plus n'avait pas tout de suite trouvé l'homme de sa vie. Elle s'était retrouvée enceinte à dix-sept ans, et le père de Jennifer avait refusé de reconnaître l'enfant.

Une fois encore, Jennifer remercia le destin de leur avoir envoyé Ed Monroe. Il était tombé amoureux de Veronica Thornhill et n'avait pas pris la fuite en découvrant l'adolescente précoce qui allait avec la jolie blonde. Il n'avait jamais essayé de convaincre Jennifer de le considérer comme son père. Il avait seulement voulu être son ami. Et c'est ainsi qu'il était devenu le meilleur père dont une fille puisse rêver.

Jennifer ôta d'un coup de pied ses escarpins noirs et se débarrassa de ses collants. Puis elle changea son tailleur noir pour un vieux pantalon de jogging gris et une ancienne chemise de son père. Elle enfila une paire de chaussettes blanches et sourit en se regardant dans le miroir. Quelle différence avec sa tenue d'allumeuse de la veille !

— On peut manger, dit-elle en entrant dans la cuisine. Je meurs de faim.

Elle avait vu ses parents la semaine précédente, mais elle trouva néanmoins beaucoup de choses à leur raconter. Elle n'omit que sa rencontre avec Matt Penrose.

— Passe-moi la purée, Jenny, demanda Ed.

Jennifer lui tendit le plat de pommes de terre au beurre.

— Papa, est-ce que tout est prêt pour ce week-end ?

— Tu penses bien ! Vendredi, ta mère et moi allons à la maison du lac. Je dois aller à Mabank récupérer le moteur du bateau au magasin. Ils ont réparé le carburateur et ils m'ont dit qu'il était comme neuf. On ne devrait pas se retrouver coincés au milieu du lac, cette fois-ci.

— J'espère. L'eau est un peu fraîche pour nager jusqu'à la rive en cette saison, dit Veronica.

— Si on se fait encore ensabler, ce sera ton tour de nager, Veronica, ajouta Ed, un éclair de malice dans l'œil.

— Compte là-dessus ! Je resterai sur le bateau jusqu'à ce que quelqu'un vienne nous chercher.

Jennifer écouta leurs chamailleries bon enfant et repensa à ce qui manquait dans sa vie. Elle leur sourit gentiment.

— Tu t'es inscrit au tournoi, papa ?

— Eh bien, je ne voulais pas, mais ta mère m'a forcé.

Veronica lui donna une tape sur le bras.

— Moi, je t'ai forcé ? Menteur ! Il t'a inscrite aussi, Jennifer. Il est persuadé que l'un de vous deux gagnera le trophée en attrapant cette perche rayée qui t'a échappé de justesse l'été dernier.

— Hé, intervint Ed, ils peuvent se le garder, leur trophée. Moi, ce que je veux rapporter à la maison, c'est le grand prix de 10 000 dollars. Il y a un camping-car que j'ai repéré, et ça fera un très bon acompte.

Jennifer lui tapota le bras et commença à débarrasser la table.

— Tu pourrais bien gagner, cette fois. Je vais inviter Alva et son ami Bill Dixon pour le week-end, si ça ne vous dérange pas.

— Bien sûr que non. On aime beaucoup Alva. Elle et ta mère pourront se tenir compagnie.

Jennifer sourit.

— C'est ce que je me disais. Et son ami Bill est bon pêcheur, il pourra venir en bateau avec nous.

— Bonne idée.

Ed se leva et finit de débarrasser pendant que Jennifer et sa mère remplissaient le lave-vaisselle.

— Amène qui tu veux, Jenny. Quand il n'y a plus de place, il y en a encore.

Quand ils eurent terminé, Jennifer et son père allèrent au salon tandis que sa mère fouillait dans les placards et le réfrigérateur, en quête d'ingrédients pour préparer le dessert.

Jennifer s'apprêtait à s'asseoir par terre à côté du canapé, quand son regard tomba sur les livres étalés sur la table basse. Elle avait oublié de les ranger. Surveillant son père du coin de l'œil, elle se demanda si lui et sa mère les avaient vus. Elle dissimula un sourire. Elle était prête à parier qu'ils les avaient feuilletés.

Sans mot dire, elle laissa son père devant la télé et ramassa les livres. Elle les apporta dans son bureau tapissé de rayonnages et les empila sur la table, à côté du fauteuil de damas vert. Avec un soupir de contentement, elle prit place dans le fauteuil, tapota les coussins pour les regonfler et s'installa confortablement.

Elle choisit le livre de conseils coquins et commença à le feuilleter. Sans même s'en rendre compte, elle se mit à tourner les pages jusqu'au chapitre dix-neuf. Elle se sentit rougir en lisant le passage.

Ouf! se dit-elle en s'éventant de la main. Elle tourna quelques pages et tomba sur un passage décrivant toutes les activités créatives que l'on pouvait pratiquer avec une écharpe de soie. Quand la sonnette retentit, elle retourna à la hâte le livre ouvert.

Avant même d'arriver à la porte, elle entendit sa mère ouvrir.

—Jenny, tu as de la visite, appela Veronica. Un monsieur.

Jennifer sortit du bureau juste à temps pour entendre sa mère accueillir le visiteur:

—Entrez, Matt, je vous en prie. Je suis la mère de Jennifer, Veronica Monroe. Mais tout le monde m'appelle Vero.

Horrifiée, Jennifer regarda Matt entrer dans l'appartement. Son père se leva pour se présenter. Les deux hommes se serrèrent la main.

— Matt !

Elle ne trouva rien d'autre à dire. Elle remarqua que ses parents avaient l'air de se réjouir. Ils n'allaient pas tarder à effacer cette expression-là de leur visage.

— Puis-je prendre ton manteau ? ajouta-t-elle.

— Merci, dit-il, lui adressant enfin la parole. J'espère que tu ne m'en voudras pas d'être passé sans prévenir. J'ignorais que tu avais de la visite.

— Non, pas du tout, répondit-elle d'un ton sec.

De toutes les tenues confortables qu'elle aurait pu porter, pourquoi avait-il fallu qu'elle choisisse le baggy et la chemise XXL ? Elle lui prit son manteau et resta plantée là, le vêtement à la main.

Sa mère vint à la rescousse.

— Asseyez-vous, Matt. Jenny, mets donc son manteau dans le placard.

Il choisit un fauteuil club dans le salon. En hâte, Jennifer suspendit son manteau et tendit l'oreille pour entendre ce que sa mère racontait.

— Pouvez-vous me rappeler votre nom de famille ? demanda Veronica, assise sur le canapé à côté de son époux.

— Penrose, répondit-il en souriant.

Jennifer remarqua l'expression intriguée de sa mère. Elle se souvenait très bien de lui, Jennifer le savait.

— Matt Penrose, répéta-t-elle d'un air sidéré.

Jennifer faisait de grands signes désespérés à sa mère dans le dos de Matt. Son père fronça les sourcils. Veronica ouvrit la bouche mais la referma brutalement en voyant Jennifer poser l'index sur ses lèvres.

Ed fronça un peu plus les sourcils.

— Et qu'est-ce que vous faites dans la vie, Matt ?

Matt sourit, peu embarrassé par la question paternelle.

— Je suis médecin.

— Généraliste ?

— Gynécologue-obstétricien, précisa Matt, sachant pertinemment qu'Ed Monroe serait gêné par cette réponse.

Il ne s'était pas trompé. Ed ne dit rien, mais son froncement de sourcils fit place à un air renfrogné. La mère de Jennifer rougit.

— Vous vous voyez depuis longtemps, Jennifer et vous ? demanda Ed.

— Papa ! protesta Jennifer.

— Ed ! intervint Veronica au même moment.

— Quoi ? Qu'est-ce que j'ai fait ? demanda Ed, abasourdi.

— Non, pas depuis longtemps, répondit Matt sans se formaliser. Je passais voir si elle voulait m'accompagner à cette exposition de l'Institut de recherche et d'études féministes ce soir. Mais Vero et vous êtes les bienvenus si vous voulez venir, Ed.

— Des études féministes ? grogna Ed. Merci bien, mon gars, ça a l'air vraiment intéressant, mais je crois que je vais rester devant mon match.

Matt jeta un regard nostalgique à la télévision. Il aurait préféré regarder un match plutôt que d'aller au musée voir ce truc féministe. Mais, en voyant Jennifer, il se dit que manquer un autre match de football n'était rien. Elle était adorable, avec son vieux jogging et sa chemise d'homme qui lui arrivait aux genoux. Il espérait que la chemise était à son père.

Jennifer lissa le col de flanelle. Pourquoi n'avait-elle pas gardé sa tenue de travail ?

— Alors, Jennifer, qu'est-ce que tu en dis ? L'exposition s'intitule *Esclavage : le point de vue d'une femme.*

Jennifer regarda Matt, stupéfaite. Il voulait vraiment l'emmener voir cette exposition sur les femmes et le bondage ? Sauf que le titre de l'exposition pouvait être compris autrement. Savait-il de quoi il s'agissait ?

— Oh, mais ce n'est pas l'expo qu'on a… oh !

Veronica se tut devant le regard de Jennifer.

— Jen et moi y sommes allées ce mois-ci…, murmura-t-elle à son mari, profitant du fait que Matt avait les yeux rivés sur sa fille.

Ed tapota la main de Veronica et chuchota :

— Allons, allons, ma chérie, tu n'arrives plus à finir tes phrases, c'est ça ?

Veronica le repoussa gentiment. Elle regarda sa fille, puis Matt.

Jennifer n'aurait jamais pensé qu'il y avait en elle une telle perversité. Elle avait hâte de voir la tête de Matt quand il comprendrait ce qu'était l'exposition.

— Oui, Matt, j'accepte avec plaisir. Tu me laisses un petit quart d'heure pour m'habiller ?

— Bien sûr. Je vais faire connaissance avec tes parents pendant ce temps.

Oups. Problème en perspective.

— Maman, tu peux m'aider une minute, s'il te plaît ? Et, papa, si tu offrais un verre à Matt ?

— Non, ce n'est pas la peine, dit Matt.

— Tu as l'air d'avoir soif, insista-t-elle.

Veronica suivit Jennifer dans sa chambre et ferma vite la porte.

— Qu'est-ce qui se passe, Jennifer ?

— C'est une longue histoire, maman.

Jennifer ôta sa chemise et son pantalon, et plongea dans le placard.

— C'est le même Matt Penrose ?

— Ouaip. Le monde est petit.

Jennifer enfila un pantalon de laine grise et un pull rouge. Puis elle se glissa dans une paire de chaussures rouges.

— Et il sait que tu es la petite Jenny Thornhill ? demanda sa mère en plissant les yeux.

— Maman ! Je n'ai jamais été petite.

Sa mère écarta la plaisanterie d'un geste de la main.

— Il ne sait pas ?

— Non, et c'est très bien comme ça. Alors ne dis rien. Et empêche papa de parler du Michigan.

Veronica soupira.

— D'accord, mais je n'aime pas ça. Pourquoi ne lui as-tu pas dit ?

— Comme je te l'ai raconté, c'est une longue histoire.

— Et pourquoi ne lui as-tu pas expliqué que tu avais déjà vu cette exposition ? Comment peux-tu envisager d'aller voir ça avec un homme ?

— Maman, je suis psychologue. Je connais bien ce genre de choses, rétorqua-t-elle avec un grand sourire.

— Je sais, ma chérie, mais tu pourrais au moins faire semblant de ne pas les connaître. Surtout quand ton père est là. Tu aurais dû voir sa tête quand il a vu tous ces livres sur ta table basse, ajouta-t-elle avec un petit rire.

— Désolée, maman, dit Jennifer. Au moins, cette fois-ci, j'ai pensé à cacher les fouets et les chaînes.

— Jennifer ! Franchement ! Des fois, tu as un sens de l'humour vraiment tordu.

— Parfois, maman, je l'avoue.

Jennifer embrassa sa mère sur la joue et sortit en trombe.

— Je suis prête. On sera de retour vers 22 heures, je suppose.

Elle jeta à Matt un regard interrogateur. Il hocha la tête.

— Et Matt pourra manger le dessert avec nous. Maman prépare toujours un bon truc pour la mi-temps, dit-elle à l'intention de Matt.

Il serait intéressant de voir s'il aurait le courage de rester face à ses parents pour le dessert.

— Super, dit-il. J'ai hâte.

— Qu'est-ce que tu vas faire ce soir, maman ?

— Des tartelettes aux fraises. Je prendrai ces belles fraises qu'il y a dans ton frigo.

Matt trébucha, et Jennifer le percuta de plein fouet. Elle n'osa pas le regarder, de peur d'éclater de rire. Oh, non. Des fraises. De tous les desserts que sa mère aurait pu imaginer, elle allait leur servir des fraises.

— Oh mon Dieu, Matt, tout va bien ? s'inquiéta Veronica.

— Euh, oui, ça va.

Jennifer fit tout son possible pour ne pas le regarder. Elle espérait que sa mère ne se demanderait pas pourquoi elle rougissait ainsi.

— Enfin bref, comme je le disais, je vais vous faire des tartelettes. Ça vous convient ?

— C'est parfait, marmonnèrent en chœur Matt et Jennifer.

— Bon, il est vraiment temps d'y aller, dit-il.

— Oui, il ne faudrait pas être en retard à l'exposition. À tout à l'heure.

Sans un mot, Matt l'accompagna jusqu'à sa Jaguar et lui ouvrit la portière.

Jennifer se laissa tomber sur le siège de cuir moelleux.

— J'ai toujours adoré les Jaguar. C'est une classique ?

Il sourit.

— Oui. Quand j'étais petit, j'en ai vu une comme ça et j'ai été fasciné par le petit jaguar sur le capot. Je me suis promis que j'en aurais une quand je serais grand, mais je ne la conduis pas beaucoup. Mon pick-up est beaucoup plus pratique.

— Elle est magnifique. Il paraît qu'ils ne mettent plus de petit jaguar sur les capots des nouveaux modèles.

— Ouais, c'était trop tentant pour certains, je suppose. Il y a des gens qui prennent leur pied à arracher les bouchons de radiateur des voitures.

Matt conduisit tout en souplesse jusqu'au musée, suivant les indications de Google Maps qu'il avait mémorisées.

Sur la route, Jennifer apprit que Matt avait vécu au Texas depuis l'université. Ses parents avaient quitté le Michigan juste après sa dernière année de lycée. Ils avaient emménagé à Houston, puis son père avait été transféré à Plano.

— Ils y habitent toujours, comme ma sœur Patricia. Elle est ingénieur, et mon père a monté une petite entreprise d'informatique pour passer le temps depuis qu'il est à la retraite. Ma mère est devenue agent immobilier, et tous les deux adorent ce qu'ils font.

— C'est génial. Et Trishie est mariée ?

— Trishie ? Comment sais-tu qu'on l'appelle comme ça ?

Jennifer évita son regard interrogateur.

— Ce n'est pas un surnom habituel pour une Patricia ?

— Oui, je suppose. (Il eut un petit rire.) Moi qui croyais être original quand j'ai trouvé ça !

Il semblait satisfait de sa réponse. Jennifer était plus détendue, mais il renchérit :

— Et toi ? Tu n'as pas non plus l'accent du Texas. Tu es de quelle région du nord ? Comment toi et ta famille avez-vous atterri ici ?

— Quand ma mère a épousé mon père. Ça a l'air bizarre, non ? Mon vrai père n'aurait jamais épousé ma mère. (Elle décela un air de pitié sur son visage.) Ne t'en fais pas, ce n'est pas un problème pour moi. Je sais qui est mon vrai père. Ça n'a jamais été un secret. Ma mère est tombée enceinte en terminale. Il ne m'a jamais reconnue. Ma mère n'a pas voulu m'abandonner, même quand sa famille l'a mise à la porte. C'est une femme remarquable. Elle m'a élevée du mieux qu'elle a pu. Il y a eu des moments difficiles, mais on ne s'est jamais lâchées. Et puis, quand j'étais au lycée, elle a rencontré Ed. Il est la meilleure chose qui nous soit arrivée à toutes les deux.

— Il a l'air très gentil.

— Ah, ça, oui. C'est pour lui qu'on est venues s'installer au Texas. Il travaillait pour une compagnie pétrolière et a été muté à Saint Louis. On n'a pas bougé depuis. Il a pris sa retraite anticipée cette année, mais je crois qu'il commence à avoir la bougeotte.

Joli travail de funambule, se dit-elle. Elle vit le centre commercial où était installé l'Institut de recherche et d'études féministes, et poussa un soupir de soulagement.

— J'espère que tu ne vas pas trop t'ennuyer, dit-elle pendant qu'ils se garaient.

— Oh, non. J'aime beaucoup me cultiver.

Il lui plaça une main dans le dos tandis qu'ils grimpaient les quelques marches menant au bâtiment, qui ressemblait à une ancienne banque reconvertie.

Matt commença à douter du bien-fondé de son choix d'activité pour la soirée quand il vit la foule qui se pressait à l'exposition. Des femmes, uniquement. Il devait être le seul homme présent dans le bâtiment. Il fit un don de 20 dollars auprès de l'hôtesse d'accueil assise à l'entrée. Jennifer, en dépit de ses protestations, fit de même.

La jeune femme les remercia et regarda Matt de travers, en pinçant le nez, qu'elle avait très proéminent.

— Les nouvelles vont vite, à ce que je vois, marmonna-t-elle.

Matt la regarda.

— Je vous demande pardon ?

— Non, rien, soupira-t-elle. Amusez-vous bien.

Elle ouvrit le livre posé sur son bureau et reprit sa lecture comme s'il n'existait pas.

Jennifer laissa Matt passer devant. Au fur et à mesure que les femmes remarquaient la présence d'un homme, la salle devenait plus silencieuse. À en juger par son air soucieux, Jennifer voyait bien qu'il s'en était aperçu. Elle avait presque pitié de lui.

Avant même d'atteindre le premier tableau, assez large pour couvrir entièrement un mur de son appartement, elle vit la responsable de l'exposition fondre sur eux. La femme portait un pantalon de cuir moulant et un blouson d'aviateur. Le même choix vestimentaire, semblait-il, que la dernière fois ; peut-être pensait-elle que sa tenue correspondait au thème de l'exposition.

— Quelle bonne surprise de voir ici un membre de la gent masculine ! Je suis le docteur Noreen Eder, et c'est moi qui ai fait tout ça.

Elle fit un geste de la main pour désigner la galerie tout entière.

— Enchanté, docteur Eder, dit Matt avant de présenter Jennifer et lui-même.

Jennifer remarqua que Matt n'avait pas utilisé le titre honorifique de docteur avant leurs noms. Certes, on n'avait pas besoin de plus d'un docteur à la grosse tête dans la même pièce, se dit-elle, soulagée que le docteur Eder ne l'ait pas reconnue.

— Alors vous vous intéressez à mon exposition ?

Noreen Eder considéra Matt des pieds à la tête.

Jennifer voyait presque les hormones de cette femme se libérer à la vue d'un homme désirable et apparemment disponible. Possessive, elle passa la main à son bras.

— Oui, j'aime cultiver mon ouverture intellectuelle.

— Vraiment ?

Noreen Eder fouilla dans la poche de son pantalon et en sortit une carte de visite.

— Pourquoi ne pas m'appeler, un jour ? Nous pourrions échanger des idées.

Matt prit la carte et la mit dans la poche de son manteau.

— Merci. Si vous voulez m'excuser, nous aimerions faire le tour.

Attention, préparons-nous à une attaque en règle de toute forme de masculinité, se dit Matt en se dirigeant vers la peinture qui ouvrait l'exposition.

En approchant, il distingua certains détails. Une pulsation désagréable se mit à lui battre les tempes. Bouche bée, il s'arrêta devant le tableau. Aucun symbolisme dans cette peinture. Elle était réaliste à l'extrême.

La peinture à l'huile représentait un homme, pieds et poings liés sur un lit à baldaquin. Son corps se tendait contre ses liens tandis qu'il contemplait avec un regard d'extase la femme nue accroupie entre ses cuisses. Elle tenait une longue plume d'autruche, et il n'y avait aucune ambiguïté sur l'usage qu'elle venait d'en faire.

Matt sentit son souffle le quitter, comme si on lui avait assené un coup de hache dans le dos. Il n'osait regarder Jennifer. En silence, comme hypnotisé, il poursuivit sa visite. Il sentait tous les yeux posés sur lui.

Le tableau suivant montrait un homme, vêtu seulement d'un tablier en dentelle, qui récurait le sol d'une cuisine tandis qu'une femme en tailleur gris le dominait de toute sa hauteur en lisant le *Wall Street Journal*. Il y avait là un certain humour, se dit-il, espérant que l'aspect humoristique prévaudrait sur l'aspect sexuel dans le reste de l'exposition.

La peinture suivante fut le coup de grâce. Il ne pouvait pas continuer.

— Jennifer, cette exposition n'est pas du tout ce que je croyais. Enfin, je ne savais pas, pour tout ça.

— Je me demande comment cette femme a fait pour entrer dans ce bustier en cuir noir. Il est tellement serré qu'il a l'air peint sur sa peau, tu ne trouves pas ? demanda Jennifer.

— Euh, je ne sais pas.

Matt savait que son visage devait approcher de l'écarlate.

— Franchement ! Des bas résille avec une culotte fendue ? s'indigna Jennifer avec un reniflement dédaigneux. À quoi bon mettre une culotte ?

Chapitre 8

En silence, Matt reconduisit Jennifer à son appartement. Elle n'avait pas dit un mot depuis qu'ils avaient quitté l'exposition. Elle ne lui adresserait probablement plus jamais la parole, rumina-t-il. Heureusement, dans la pénombre, elle ne pouvait voir qu'il avait rougi. Il sentait que son visage était toujours brûlant. C'était indigne, pour un homme de son âge, et médecin par-dessus le marché, de piquer un fard comme un adolescent boutonneux. Mais il ne pouvait empêcher son traître de cerveau d'imaginer Jennifer en cuir noir et culotte fendue. Puis il songea aux bas de soie à dentelle noire qu'elle portait la veille, et se sentit devenir si dur qu'il en eut mal. Où pouvait-on acheter des culottes fendues ?

Le visage de Matt aurait pu servir de balise de détresse. Jennifer dut faire un effort surhumain pour ne pas éclater de rire. Plus que tout, elle voulait lui dire la vérité, mais il semblait si honteux qu'elle craignait qu'il ne perçoive pas tout l'humour de la situation.

— Tu dois être choquée, je sais, dit-il après un long silence.

— Non, non. Ça va. J'ai déjà vu ce genre d'images.

— Tu veux dire que ça ne te dérange pas parce que tu mets de la distance en revêtant ton chapeau de psychologue, si je puis dire ?

Jennifer regrettait d'avoir inventé cette histoire de blocage sexuel. Elle soupira. Elle était obligée de continuer à jouer la comédie, du moins jusqu'à ce qu'elle trouve un moyen subtil de mettre fin à cette situation absurde.

— Tu as raison. (Elle tenta d'insérer un fil de vérité dans son tissu de mensonges.) Tu as libéré en moi des sentiments que j'ignorais. Ce soir, au lieu de me sentir offensée, j'ai plutôt été excitée, si tu veux tout savoir.

Il l'observa d'un œil pénétrant.

— Vraiment ?

Elle hocha la tête, essayant de maîtriser son sourire. Elle avait aussi éprouvé autre chose, qu'elle préféra garder sous silence : une envie de rire à peu près équivalente à celle qu'on peut avoir en voyant Vil Coyote se faire aplatir par une enclume dans *Bip-Bip et Coyote*.

La circulation était fluide, ils atteignirent rapidement sa résidence. Le parking était éclairé d'une lumière crue et éblouissante. On voyait même passer quelques joggeurs tardifs. Aucune intimité possible, ni là ni dans l'appartement, avec ses parents qui n'étaient pas encore partis.

— Alors, je suis pardonné ?

— Il n'y a rien à pardonner, répondit Jennifer dans un accès de culpabilité.

Elle espérait que, quand il découvrirait son petit stratagème, il se montrerait aussi magnanime.

— Tu accepterais de me revoir ? demanda-t-il en éteignant le moteur.

L'air malheureux, Jennifer le regarda. Elle n'avait pas oublié le mal qu'il lui avait fait au lycée, mais il n'était plus ce garçon sans cœur de terminale, pas plus qu'elle n'était une adolescente timide et peu sûre d'elle – bien que ses actes récents auraient convaincu n'importe qui de son immaturité. Même la discussion de Matt avec Lucas Wyman pouvait être excusée. Après tout, elle n'avait pas entendu un mot de ce qui s'était dit. Et elle savait que Lucas Wyman était un vantard alcoolique. La seule faute de Matt était peut-être de s'être trouvé au mauvais endroit, au mauvais moment. Mais elle n'avait pas pris le temps d'y réfléchir. Au lieu de ça, elle l'avait tout de suite mis dans le même sac que Wyman, et elle avait décidé de lui montrer ce que ça faisait d'être traité comme un objet sexuel. Elle n'aurait pas dû céder à la tentation de lui jouer le tour de ce soir.

Bon sang, n'était-elle pas assez grande pour comprendre qu'à trop jouer avec le feu, elle risquait de s'y brûler ?

— Jennifer ? Est-ce que tu acceptes de me revoir ? insista-t-il.

Ce n'était pas raisonnable, elle le savait.

— Oui, bien sûr.

Elle ne pourrait pas lui cacher la vérité pour toujours. Pour toujours ? Est-ce que c'était ce qu'elle voulait de lui ? Le genre d'amour qui dure toujours, comme celui de ses parents ?

— Et si on allait le manger, ce fameux dessert ? proposa-t-elle, démoralisée par cette soudaine révélation.

— Je préférerais un baiser d'abord. Il rabattit le volant et se pencha vers elle.

Jennifer sentit son corps s'enflammer de désir, lui laissant des jambes en coton et le souffle court, comme si elle venait de courir un marathon. Son cœur s'emballa quand elle se laissa aller dans les bras de Matt. Puis leurs lèvres se rencontrèrent, et un sentiment merveilleux de plénitude l'envahit.

Il l'embrassa comme s'il n'avait jamais l'intention de s'arrêter.

Quelques minutes plus tard – ou étaient-ce des heures ? –, ils s'écartèrent d'un demi-centimètre pour reprendre leur souffle.

— Où as-tu appris à embrasser comme ça ? demanda Jennifer dans un murmure essoufflé.

— À l'avant d'une Camaro bleue de 1976, répondit-il avec un sourire désinvolte. Bien sûr, c'était un peu plus difficile avec des sièges-baquets, et pas aussi gratifiant qu'avec toi.

Jennifer se souvenait de la voiture bleue. Elle l'embrassa avec fougue, se servant de toute l'étendue de ses talents pour l'étourdir autant qu'il l'avait étourdie. Elle ne voulait pas prendre le risque qu'il fasse le lien avec les baisers maladroits qu'ils avaient échangés dans sa Camaro bleue.

— Oh, Jenny, gémit-il comme il avait gémi un soir, des années auparavant.

Il glissa les mains sous son manteau, cherchant sa chaleur. Quand il la toucha, elle frémit de désir.

Matt la sentit trembler. Sa main frissonnait en lui caressant la poitrine. À travers son pull, il sentit ses tétons durcir à son contact.

— Jenny ? murmura-t-il d'un ton presque suppliant.

— Oui, Matthew, oh oui, chuchota-t-elle, lui répondant inconsciemment de la même manière que ce soir-là. Mille fois oui.

Matt sentit l'instant se figer, comme si le temps s'était arrêté. L'espace d'une seconde, ses mains se raidirent convulsivement. Son souffle se coupa net. Il se souvenait.

De tout.

Il fit un effort pour se détendre et la relâcha. Puis il passa délicatement ses doigts agiles sous son pull et caressa sa peau satinée.

— Jenny, gémit-il.

Elle était si chaude. Le sang battait dans ses veines. C'était Jenny. Sa Jenny. Il glissa les doigts sous la barrière de dentelle de son soutien-gorge. Il ouvrit les yeux et la regarda pendant qu'il touchait la pointe de son sein. Elle eut un sursaut, et il sentit son pénis en faire autant. Il la caressait, elle frissonnait et s'offrait un peu plus à lui. Les yeux fermés, la tête inclinée sur l'appuie-tête, elle gémit. Il voulait poser sa bouche sur sa peau. Il voulait voir l'expression de son visage quand il prendrait son téton entre ses lèvres tièdes.

Un brusque tapotement sur la vitre les fit sursauter.

— Salut, vous deux, lança la mère de Jennifer. Vous venez de rentrer ?

Matt retira en hâte sa main. Il laissa échapper un juron, prit une expression neutre et se tourna vers Veronica, qui tapait de nouveau contre la vitre du conducteur. Respirant un bon coup, il ouvrit la portière et sortit, donnant à Jennifer le temps de se rajuster.

— Oui, on vient d'arriver, dit-il à Veronica en reboutonnant son manteau. (Les mères ont tendance à s'indigner quand des hommes tripotent leurs filles dans des voitures.) Que faisiez-vous dehors ?

Il fit lentement le tour du véhicule et ouvrit la portière côté passager.

— Je prenais l'air, répondit Veronica. Et puis je vous ai vus, alors je me suis dit que j'allais vous dire que le dessert était prêt.

Jennifer essaya de maîtriser sa respiration en sortant de la voiture. Elle avait l'impression d'avoir de nouveau quatorze ans. Sa mère devait être douée d'une sorte d'intuition surprotectrice. L'air froid du soir rafraîchit son visage brûlant. Matt et elle auraient-ils un jour l'occasion d'aller plus loin que ces baisers torrides et ces caresses furtives ?

— Alors, cette exposition ? demanda Veronica.

— Intéressante, répliqua Matt. Si Ed n'est pas trop pris par son match et qu'on trouve le temps, je vous en parlerai.

Jennifer tourna brusquement la tête vers lui.

— Euh, je suis sûre que papa est trop pris par son match, n'est-ce pas, maman ?

— Ah oui, le lundi, il ne décolle pas de son match de football.

— Oh, je suis sûr que vos succulentes tartelettes vous feront mentir, dit Matt avec un grand sourire. J'ai hâte d'y goûter. Je meurs de faim.

Il donna le bras à Veronica et l'accompagna jusqu'à la porte.

Qu'est-ce qui lui prenait ? se demandait Jennifer en marchant derrière eux.

Dans la maison, elle se précipita dans sa chambre. Elle ferma la porte et entra dans la salle de bains. Elle était un peu rouge, comme si elle avait forcé sur le blush. Ses yeux, embués de désir, lui donnaient un air fatigué.

Jennifer rajusta son soutien-gorge et lissa son pull. Son corps tout entier hurlait sa frustration. Sa poitrine frémissait d'impatience, tout comme d'autres parties de son corps auxquelles elle ne pouvait penser, de peur de courir assommer Matt pour le traîner dans sa chambre à coucher.

Elle imbiba une serviette d'eau froide et s'en tapota le visage. Ses parents allaient peut-être partir avant la fin du match. Elle jeta la serviette humide dans le lavabo. Elle pouvait toujours rêver.

Elle se recoiffa et revint dans le salon, déterminée à surmonter la léthargie sensuelle qui l'enveloppait.

Matt était assis à côté de son père. Manifestement, il avait mis de côté ses désirs charnels sans le moindre problème. Bien sûr, tout le monde sait que faire l'amour arrive en deuxième position, loin derrière le football professionnel, se dit-elle amèrement.

— Et voilà, annonça Veronica en apportant le lourd plateau d'argent.

Sur le plateau étaient disposés des tasses et des soucoupes, un pot à café et un plat à plusieurs niveaux portant des assiettes de tartelettes dégoulinantes de crème chantilly.

— Vous avez fait tout ça pendant qu'on était partis ? demanda Matt d'un air incrédule.

— Ce n'est pas difficile, répondit Veronica, heureuse de sa réaction. Même Jennifer sait les faire.

— Ouaip, ma petite fille fera un jour une très bonne épouse, dit Ed en appuyant gravement sur le mot « épouse ».

La soirée pouvait-elle encore empirer ? se demandait Jennifer en acceptant l'assiette de porcelaine anglaise que lui tendait sa mère.

— Merci, maman, ça a l'air délicieux.

— Je suis sûr qu'elle fera une très bonne épouse, dit Matt. Il est certain qu'elle possède... (Il hésita, puis poursuivit en regardant Jennifer dans les yeux.)... des atouts, des aptitudes et des talents uniques. (Il prit une autre bouchée et roula des yeux.) Délicieuse, cette tartelette. Tu sais quoi, Jennifer, c'est aussi bon que ce truc que tu as fait l'autre jour, avec du vin et des fraises.

— Oh, Jennifer, tu as une nouvelle recette de dessert ? demanda Veronica.

Jennifer blêmit.

— Pas vraiment, marmonna-t-elle.

Elle plongea le nez dans son assiette et prit une grosse bouchée pour ne pas avoir à répondre. La taquinait-il, ou savait-il qu'elle avait planifié toute la scène de séduction avec les fraises ? Elle avait peur de deviner.

— Vous m'excuserez, dit Veronica, mais j'ai vraiment hâte de me plonger dans ce livre.

Elle s'installa dans un fauteuil, laissant à Jennifer le soin de poursuivre la conversation.

Matt engloutit son dessert et se cala dans le canapé à côté d'Ed. Les deux hommes regardèrent le match, beuglant sur le buteur qui n'arrivait pas à aligner un tir. Pendant les discours du commentateur, Matt et Ed échangeaient des anecdotes sur les divers matchs professionnels qu'ils avaient vus, chacun essayant de surpasser l'autre avec ses commentaires du style « alors lui, il a un jeu comme t'as jamais vu ».

Au bout d'un moment, Jennifer se lassa de leur rituel d'amitié virile. Ils avaient l'air de bien s'entendre, ces deux-là, se dit-elle en rapportant le plateau dans la cuisine. Elle fit la vaisselle, rinça l'évier et s'essuya les mains. Avant d'éteindre la lumière, elle se servit un verre d'eau, sortit une boîte d'ibuprofène et prit deux comprimés. Elle avala le médicament, éteignit la lumière et s'apprêta à replacer le flacon dans le placard.

Presque instantanément, deux bras l'entourèrent et un corps tiède se serra contre son dos. Même si elle ne l'avait pas reconnu à son après-rasage, même s'il y avait eu une dizaine d'hommes dans son appartement, elle aurait su que c'était lui.

Il se colla contre elle et la serra très fort. Elle sentit le battement de son cœur dans son dos, et la chaleur de son désir viril pressé contre ses fesses. Elle se mordit la lèvre inférieure pour contenir le gémissement qui montait en elle. Incapable de se maîtriser, elle s'abandonna, penchant la tête de côté en une muette invitation.

Matt mordilla la tendre peau de son cou et fit courir sa langue sur la marque qu'il avait laissée. Elle voulait qu'il pose ses mains sur sa poitrine, sur son sexe, mais il n'en fit rien. Il était dur comme le roc, vibrant, et elle était frustrée à l'extrême. Puis il fit un mouvement de bassin contre la douce courbe charnue de ses fesses, une fois, deux fois.

Cette fois, Jennifer ne put contenir un gémissement. Elle n'aurait pu s'en empêcher, même si sa vie en dépendait. Il glissa les mains sur sa bouche pour l'en bâillonner, tandis que ses lèvres chaudes lui parcouraient la gorge, mordant, suçant, repoussant le col de son pull pour accéder à sa peau nue. Une série de frissons lui traversa le corps. Elle crut qu'elle allait fondre sur le sol de la cuisine. Puis il recula, sans doute au prix d'un gros effort, car son corps tout entier tremblait.

— Matt, soupira Jennifer contre la paume de sa main. (Elle se colla contre lui et tenta de guider son autre main vers sa poitrine.) S'il te plaît.

Il continuait à parcourir des lèvres le peu de chair que ses vêtements dévoilaient. Comment pouvait-il se satisfaire d'un simple apéritif alors que le plat principal était à sa disposition ?

Jennifer passa la langue sur sa paume. Il enleva aussitôt la main de sa bouche et attira Jennifer contre lui d'un geste possessif qui la fit vibrer.

— Matt, avez-vous trouvé les verres ? demanda Veronica de l'autre côté de la porte.

Ils se figèrent, leur souffle résonnant dans la pièce silencieuse.

— Je lui montre le placard, maman, dit Jennifer d'une voix faible et haletante.

Puis elle pouffa de rire doucement, comme une gamine prise en faute.

— Très bien, ma chérie, répondit Veronica. Je retourne à mon roman. Tu apporteras un verre d'eau à ton père en revenant ?

— Bien sûr.

Jennifer était reconnaissante envers sa mère pour sa discrétion. Elle se retourna dans les bras de Matt et s'adossa au placard. Tout son corps était une invitation. Elle attendait qu'il la ravisse de ses caresses, mais il recula loin d'elle.

— Il faut que j'apporte son verre d'eau à ton père, dit-il d'une voix aussi nonchalante que s'il venait d'entrer dans la cuisine.

Jennifer fronça les sourcils. Comment pouvait-il mettre ses désirs de côté aussi vite ?

Matt ouvrit le placard derrière elle et attrapa un verre. Il se demanda si elle entendait le sourd battement du sang dans ses veines. Il n'aurait jamais cru avoir autant de volonté. Il ne désirait qu'une seule chose, l'asseoir sur le plan de travail, lui écarter les jambes et goûter la chaleur de son corps. Il avait peine à croire qu'il avait résisté à l'impulsion d'entourer ses seins de ses mains et de la caresser à la rendre folle de désir pour lui.

Il inspira profondément et emplit le verre au robinet, n'osant la regarder dans les yeux.

Avant qu'il lui donne ce que tous deux voulaient, la petite Jenny Thornhill avait quelques leçons à apprendre. La première ? La vengeance est un plat qui se mange très chaud.

Une heure plus tard, le match était terminé. Ed et Veronica commencèrent à rassembler leurs affaires et à prendre congé.

Pas trop tôt, se disait Jennifer en embrassant ses parents, prenant soin de ne pas croiser le regard de Veronica. Mais elle ne put s'empêcher de remarquer l'étincelle d'avertissement dans les yeux de sa mère.

— Je ferais mieux d'y aller, moi aussi, ajouta Matt en étirant ses bras bien musclés au-dessus de sa tête.

— Oh, il n'est pas si tard que ça, intervint Jennifer.

— J'ai bien peur que si. J'ai des patientes toute la journée de demain, j'ai besoin d'un peu de sommeil.

— Ravi de t'avoir rencontré, Matt, dit Ed en lui tendant sa grosse main.

— De même, répondit Matt en souriant. J'ai hâte d'être à ce week-end.

— Ce week-end ? demanda Jennifer, craignant de deviner ce qui allait suivre.

— Oui. Tes parents ont eu la gentillesse de m'inviter à vous rendre visite au lac.

— Quand ça ? demanda-t-elle machinalement.

— Quand tu nettoyais les assiettes, l'informa son père. Matt et moi avons parlé de pêche. Tu savais qu'il avait toujours son premier nécessaire Zebco, comme toi ? Vous pourrez faire un concours de vieux Zebco.

Ed rit à sa petite plaisanterie.

— Ouais, super, répliqua Jennifer d'un ton monocorde. (Peut-être pourrait-elle supporter cette torture une journée, se dit-elle.) Et tu viens samedi ou dimanche ?

— En fait, je pensais descendre avec vous samedi matin. Je ne suis pas de service ce week-end, c'est le moment rêvé pour faire un break, dit-il en lui faisant un clin d'œil.

Elle allait devoir passer le week-end entier avec Matt, entourée d'autres personnes ? *Par pitié, tirez-moi donc dessus pour me sortir de cette galère !* pensa Jennifer.

— Inutile de prendre deux voitures, pas vrai ? lui demanda Matt avec un nouveau clin d'œil.

Elle rougit. Qu'est-ce qui lui prenait, avec ses gros clins d'œil ? Elle savait que ses parents l'avaient remarqué. Bientôt, il allait se mettre à donner des coups de coude dans les côtes de son père.

— Tu es sûr de trouver le temps, avec ton emploi du temps de ministre ? demanda-t-elle, sarcastique. Tu vas devoir sacrifier de ton précieux temps de sommeil.

— Ça ne me dérange pas de perdre un peu de sommeil, si c'est pour attraper quelques poissons.

Jennifer commença à bouillir. *Le salopard. Le salopard puéril et dénué de libido !*

— Je ne laisse jamais rien se mettre en travers de mon chemin quand il s'agit d'un bon week-end de pêche. Je pourrais même m'inscrire au tournoi, si ce n'est pas trop tard.

— Ce n'est pas trop tard. Je vais te dire, fiston, je vais t'inscrire moi-même. On va au lac vendredi.

— Merci, Ed. Je te rembourserai les frais d'adhésion.

— T'as plutôt intérêt, s'esclaffa Ed.

— Matt, ce fut un plaisir, dit Veronica. Je vais vous faire de ces gaufres dont je vous ai parlé, elles seront toutes prêtes pour samedi matin.

Jennifer regardait Matt, incrédule. Comment était-il entré dans les bonnes grâces de ses parents si facilement ? Et son père, qui lui parlait comme s'il était prêt à l'adopter !

Quelques minutes plus tard, ils avaient mis leurs manteaux et se dirigeaient vers la porte. Matt et Ed parlaient de nouveau de pêche, discutant des mérites relatifs de différentes cannes.

Désemparée devant cette tournure des événements pour le moins inattendue, Jennifer sortit en silence derrière eux. Matt avait peut-être l'intention de faire sortir ses parents avant de revenir la rejoindre. C'était sûrement ça ! Il était juste en train de faire diversion !

— Eh bien, bonne nuit, Jennifer. Merci de m'avoir accompagné à l'exposition. On devrait remettre ça un jour, dit Matt en ouvrant la portière de sa voiture.

Ébahie, Jennifer marmonna un « bonsoir ». Puis il partit. Comme ça. *Le rat*, se dit-elle, outrée qu'il n'ait pas ressenti ne serait-ce qu'une fraction de l'excitation qui l'avait envahie.

Ed et Veronica l'embrassèrent sur la joue et grimpèrent en voiture.

— Jenny, ce gars-là, c'est un gros poisson ! lui confia Ed. Je crois que tu l'as ferré, mais assure-toi bien de ta prise avant d'essayer de le remonter.

Chapitre 9

Lorsque Matt arriva chez lui, cette histoire avait cessé de l'amuser. Il avait eu le temps de prendre du recul, et sans le délicieux corps de Jennifer à proximité pour lui brouiller les idées, il avait pu commencer à analyser la situation.

Il n'aimait pas le tableau qui en résultait. Ce n'était pas seulement parce qu'il venait de découvrir que Jennifer Monroe était en fait Jenny Thornhill. Il y avait pire dans cette histoire que le fait qu'elle n'ait pas réussi à lui dire qu'ils avaient été amis dans le passé. Ils avaient eu un rendez-vous brûlant, et elle avait disparu immédiatement après, lui brisant le cœur. Et si elle lui avait brisé le cœur une fois, elle pouvait très bien recommencer.

Il pensa à leurs rencontres enflammées. Son esprit d'analyse de nouveau en état de marche, il se rendait compte que cette histoire de blocage sexuel ne tenait pas la route. Une femme aussi réceptive ne pouvait pas avoir un seul atome frigide dans le corps. Alors pourquoi essayer de lui faire avaler ça ?

Il repassa dans sa tête chaque instant passé en sa compagnie. Il comprenait, à la rigueur, pourquoi elle avait refusé, dans son cabinet, de lui dire qu'ils se connaissaient. Ensuite, il pouvait même accepter qu'elle ait été gênée par son comportement passé et qu'elle n'ait pas voulu prendre ses appels ou lui adresser la parole au gala de charité. Tout cela se tenait.

Elle s'était cachée derrière le palmier. Quand il était venu la voir avec ses inquiétudes, elle l'avait mal pris. Elle s'était énervée. Il la revit se débarrasser de sa veste pour révéler son corps voluptueux et lui montrer qu'elle était capable de faire étalage de ses atouts.

Il ne l'avait pas reconnue. Ça l'avait peut-être blessée, puisqu'elle se souvenait manifestement de lui. Mais elle avait beaucoup changé. Plus de cheveux jusqu'à la taille ni de frange trop longue. Plus de grosses lunettes. Elle était plus grande, et même sa démarche était différente. Plus assurée.

Quand il avait sous-entendu qu'elle avait un problème sexuel, il avait dû remuer le couteau dans la plaie. Mais pourquoi élaborer un plan aussi complexe pour le piéger ? Ça sentait la vengeance à plein nez.

Abasourdi, Matt se rendait compte que Jennifer lui avait tendu un piège. Elle l'avait sciemment aguiché pour le rendre fou de désir. Et il était tombé dans ses filets si aisément… Depuis qu'il l'avait vue déguster ces satanées fraises, il n'avait plus que ça en tête.

Si tout son sang ne s'était pas concentré au-dessous de sa ceinture, il aurait découvert le pot aux roses beaucoup plus tôt, se dit-il, écœuré. Mais pourquoi lui avait-elle joué cette comédie ? Parce qu'elle avait mal pris le fait qu'il ne l'ait pas reconnue dans son cabinet ? Non, il devait y avoir quelque chose d'autre.

Avec un juron étouffé, il fit couler la douche et s'avança sous le jet glacé. C'était peut-être ce dont il avait besoin pour s'éclaircir les idées. Elle l'avait piégé, manipulé, puis avait porté atteinte à son intégrité. Et, pire que tout, voilà qu'il était tombé amoureux.

Il grogna et ferma le robinet. L'exposition. Elle devait savoir de quoi il s'agissait dès le départ. Elle avait dû bien rire à ses dépens. En repensant à la façon dont il avait joué les M. Sensibilité, il eut envie de vomir.

Au moins, il y avait une chose que Jennifer ne semblait pas connaître de lui, se dit-il en se séchant. Il ne se mettait jamais en colère quand il pouvait consacrer son énergie à renvoyer l'ascenseur. Et, dans le cas de la sournoise Jennifer Monroe, cela pouvait s'avérer extrêmement amusant.

On pouvait être deux à jouer son petit jeu, se dit-il en réglant son réveil avant de se glisser au lit. Il avait jusqu'à samedi matin pour préparer Jennifer à recevoir la monnaie de sa pièce. Des préliminaires sans concrétisation étaient source de frustration. Il en savait quelque chose et, quand il en aurait fini avec elle, elle le saurait également.

Jennifer attendit jusqu'à 17 heures le lendemain, mais Matt ne se manifesta pas. Finalement, elle prit l'initiative de l'appeler. Quand elle le convia à un dîner dans un de ses restaurants préférés, il accepta de l'y retrouver à 20 heures. Elle arriva avec quelques minutes d'avance, mais il l'attendait déjà à l'entrée.

Elle sourit, heureuse de le voir.

— Comment s'est passée ta grosse journée ?

— Oh, très bien, répondit-il en posant la main dans son dos tandis que l'hôtesse les menait à leur table.

— Tu as l'air un peu préoccupé, dit-elle quand ils eurent commandé l'apéritif.

— En fait, j'ai eu quelques annulations cet après-midi, alors j'ai passé mon temps libre à travailler sur ton problème.

— Mon problème ? répéta Jennifer, interdite.

— Oui, tu sais, tes blocages.

— Oh. Ce problème-là.

Elle s'était décidée à tout lui avouer dans la soirée, mais elle ne voulait pas en discuter dès à présent. Elle voulait le regarder dans les yeux d'un air mélancolique et lui envoyer des signaux télépathiques pour qu'il la prenne dans ses bras et l'emporte vers le lit le plus proche. Après ça, il serait peut-être plus enclin à lui pardonner sa petite blague inconsidérée.

— Je voulais te dire que j'avais fait quelques recherches sur le sujet. J'ai été assez surpris de découvrir que tu corresponds parfaitement au stéréotype.

Elle fronça les sourcils.

— Vraiment ?

— Oui. Je dois admettre qu'au début, j'ai pensé que tu jouais la comédie, mais je me suis dit que ça n'avait pas de sens. Tu ne me jouerais jamais un tour aussi puéril et d'aussi mauvais goût. Ce n'est pas ton genre d'avoir un comportement immature. Et puis, d'ailleurs, pourquoi ferais-tu une chose pareille ?

Mal à l'aise, Jennifer gigotait sur sa chaise, évitant le regard de Matt.

— Alors, quand j'ai lu les publications les plus récentes sur le sujet, j'ai compris que tu avais vraiment besoin d'aide.

Ses remarques condescendantes l'énervèrent.

— De quelle recherche s'agit-il, exactement ? Je n'ai vu passer sur mon bureau aucune publication qui m'identifie à un stéréotype.

Il se tapota les poches.

— Je t'ai apporté quelques notes. Je suis en train de rédiger une bibliographie. Je pense publier une étude de cas dans un journal médical.

À son cri de protestation, il leva la main.

— Ne t'inquiète pas, je ne vais pas attenter à ta vie privée. Ton nom ne sera pas cité, mais il doit y avoir des tas de femmes émotionnellement immatures souffrant de blocage sexuel qui pourraient profiter d'une analyse en profondeur.

— Écoute, Matt, à ce sujet…

— Non, sérieusement, je serai discret. Je ne montrerai le dossier à personne. Pas même à Sylvia.

— Le dossier ?

Jennifer blêmit à l'idée de l'embarras potentiel qu'un tel dossier représentait.

— Je le considère comme confidentiel, même si tu n'es pas réellement ma patiente. Je ne suis qu'un ami, un adulte consentant, et je viens en aide à une amie qui est également une adulte consentante. N'est-ce pas comme ça que tu l'as formulé ?

Elle hocha la tête, trop malheureuse pour répondre. Elle ne pouvait plus rien avouer, à présent.

— Comme je le disais, j'ai retranscrit les notes que j'ai prises lors de nos premières rencontres.

— Des notes ? Tu as pris des notes sur nos... (Elle avala sa salive.) Sur les moments qu'on a passés ensemble ?

— Oui, dans un but purement scientifique. Ensuite, j'ai rédigé une liste d'actions à entreprendre, avec des suggestions concrètes concernant les méthodes que nous pourrions envisager pour surmonter ton problème.

— Liste d'actions à entreprendre ? Suggestions concrètes ? On croirait entendre Alva, murmura-t-elle en souriant avec gratitude au serveur qui posait devant elle une margarita.

— Ah oui, la ravissante Mlle Hernandez, se souvint Matt avec un sourire. Elle est vraiment exquise, tu ne trouves pas ?

Il sirota la margarita glacée qu'il avait commandée et demanda :

— Elle n'est pas mariée, c'est bien ça ?

Jennifer sentit son cœur se briser.

— Non, pourquoi ?

— Eh bien, elle a un charme extraordinaire et une personnalité pétillante. J'envisageais de l'inviter à sortir, un soir. Elle est exactement le genre de femme que je recherche. Tu ne crois pas que je devrais tenter ma chance ?

L'arrivée des plats dispensa Jennifer de répondre. Elle envisagea de lui jeter ses enchiladas à la figure, mais se contint. Toute cette histoire allait de pire en pire. Il était censé s'intéresser à elle, pas à Alva.

— Hé, c'est délicieux. (Il avala un autre morceau de ses enchiladas épicées.) Bref, pour résumer, je pense avoir trouvé un moyen en béton de résoudre ton problème, et on va s'y atteler juste après le dîner.

Cette dernière phrase coupa complètement l'appétit à Jennifer. Son moyen en béton, il pouvait s'en faire des semelles pour aller se noyer dans la Trinity River.

Mal à l'aise, elle jouait du bout de sa fourchette avec son riz à l'espagnole. Qu'est-ce qu'il pouvait bien avoir en tête ? se demandait-elle en le regardant manger son dîner avec un plaisir évident.

Parler d'Alva avait été un coup de génie, se félicita Matt. Jennifer était comme frappée par la foudre. Elle était tellement en colère qu'elle en avait perdu l'appétit, pensa-t-il béatement. Et si elle était déjà contrariée, qu'elle attende la suite…

Devant l'expression soucieuse de Jennifer, son regard se radoucit. Si elle avait avoué sa petite plaisanterie, il lui aurait volontiers tout pardonné.

Plus tard dans la soirée, Jennifer découvrit la technique que Matt comptait mettre en œuvre pour l'aider à surmonter ses blocages. Il avait l'intention de la rendre folle. C'était sûrement cela, se dit-elle, nerveuse, tandis qu'assise sur son canapé elle le regardait enlever son manteau et son pull noir à col roulé. Elle reprit difficilement son souffle. Il avait un corps musclé et ferme, juste là où il fallait. Et elle brûlait de le toucher juste là où il fallait.

— Je sais que nous nous sommes embrassés, et c'était courageux de ta part, surtout quand tu as dû supporter que je te caresse, mais je me suis rendu compte que tu ne m'avais pas touché, ni même regardé. Alors voilà, tu peux me voir. Du moins en partie. Il n'y a rien à craindre, n'est-ce pas ?

Jennifer sentit son souffle se briser, les yeux braqués sur les poils noirs qui ornaient son torse, entourant ses tétons plats avant de dessiner une pointe qui disparaissait sous la ceinture de son pantalon.

Il s'assit à ses côtés, prit le verre de vin qu'elle lui avait servi et se laissa aller en arrière. Il étendit les bras au-dessus du dossier.

— Tout va bien ?

Elle ne put lui répondre, ni même hocher la tête. Elle était hypnotisée par son corps, et la chaleur qu'il dégageait était la même que celle qui se déployait en elle.

— Maintenant, approche.

Tendant le bras, il l'attira doucement à lui.

Elle avala sa salive et ferma les yeux un instant, savourant la sensation, l'odeur, la chaleur de son corps. Elle savait que, dans une minute, il allait l'embrasser, la toucher. De fil en aiguille, ils finiraient bien par se retrouver dans son grand lit à baldaquin.

— Donne-moi ta main, dit-il.

Elle ne bougea pas, les membres transis dans une sensuelle léthargie. Matt lui prit la main droite et la plaça sur son torse. Dans un murmure presque brutal, il ordonna :

— Touche-moi. Caresse-moi.

Elle s'exécuta, appréciant le contact de ses muscles, des boucles brunes entre ses doigts. Elle sentit ses tétons se durcir à son contact. S'il poursuivait sa leçon, elle serait obligée de demander une trêve.

— C'est bon, n'est-ce pas ? susurra-t-il, la bouche si proche de son oreille qu'elle sentit son souffle.

— Oh, oui, murmura-t-elle avec un petit sourire.

Tout allait bien se passer.

— Très bien ! Demain, nous franchirons une autre étape.

Il lui reprit la main et la lui posa sur les genoux. Elle le dévisagea d'un air incrédule pendant qu'il allumait la télévision.

Le lendemain soir, comme un fauve en cage, Jennifer faisait les cent pas dans son appartement. Après la frustration de la veille, elle savait qu'elle ne pourrait supporter une autre « suggestion concrète » de Matt. Elle avait essayé de l'appeler, mais il avait été très occupé toute la journée. Elle avait demandé à la réceptionniste de l'avertir qu'elle n'était pas disponible pour la soirée.

Penser à lui suffisait à faire battre le sang entre ses cuisses comme un tambour au rythme hypnotique. Comment pouvait-il s'asseoir à côté d'elle, à moitié nu, sans rien ressentir ? Elle ne le verrait pas ce soir. Elle s'était déjà changée et portait une robe de chambre sur son pyjama en pilou.

Quand la sonnette retentit, Jennifer sursauta. Son cœur bondit dans sa poitrine. Un instant, elle envisagea de ne pas ouvrir la porte. Mais elle ne put résister.

Matt se demandait s'il serait capable de ne pas la toucher ce soir encore. *Le désir est une arme à double tranchant lorsqu'on l'utilise à des fins de vengeance*, se dit-il en pressant une seconde fois le bouton de la sonnette. Elle savait que c'était lui. Si elle avait une once de bon sens, elle ne répondrait pas.

Jennifer se surprit à courir à la porte. Essoufflée, elle ouvrit.

— Salut. Tu n'as pas reçu mon message ?

— Non, qu'est-ce que c'était ? s'enquit Matt en entrant.

Elle se demanda ce que contenait le sac en papier qu'il avait à la main.

— Je t'avertissais que je ne serais pas disponible ce soir. J'avais prévu quelque chose.

Il la considéra de bas en haut, remarquant au passage qu'elle ne portait pas de soutien-gorge.

— Tu as l'air de quelqu'un qui passe la soirée à la maison. Un changement de programme ?

Matt comprit qu'elle avait renoncé à toute résistance. Encouragé, il se dit qu'elle en était peut-être arrivée à la même conclusion que lui : elle préférait passer une soirée frustrante en sa compagnie plutôt qu'être frustrée toute seule. Dans tous les cas, il occupait ses pensées.

— Oui, j'ai changé d'avis, répondit-elle en fermant la porte.

Elle le suivit dans le salon. Matt alluma la télévision sans réagir à son soupir consterné.

— Je suppose que tu voulais regarder la deuxième partie de ce documentaire sur les sauterelles, mais j'ai trouvé un film qui devrait t'inspirer. Ça te va ?

Jennifer haussa les épaules. Au moins, un film pourrait distraire ses pensées de cet homme et de ses fameuses « suggestions concrètes ».

— Pourquoi ne pas boire un verre avant de voir le film ? proposa-t-il. Avec des fraises à picorer, s'il t'en reste.

— Je n'en ai plus une seule, répliqua-t-elle sèchement en entrant d'un pas lourd dans la cuisine.

Quelle boisson lui servir ? Pas de vin, ce serait une erreur. Elle fit deux tasses de chocolat chaud instantané et les apporta sur un plateau dans le salon.

Contrariée, elle posa le tout et se tourna vers lui pour lui demander d'un ton sarcastique s'il désirait autre chose.

Elle se figea, bouche bée. Sur le sol, elle vit les chaussures de Matt, les chaussettes bien rangées à l'intérieur. Il avait posé ses pieds nus sur la table basse. Jennifer laissa son regard remonter le long de ses jambes nues et bien dessinées, jusqu'aux pans de sa chemise. Il s'était débarrassé de son pantalon et de son manteau, mais portait toujours sa chemise blanche. Elle ne pouvait qu'imaginer ce qui se trouvait dessous. Son imagination s'enflamma.

— Viens t'asseoir à côté de moi, l'invita-t-il en tapotant la place voisine sur le canapé.

Comme un labrador bien entraîné, elle s'assit.

Il lui prit la main et la plaça sur sa cuisse.

Jennifer ne bougea pas d'un millimètre. Si elle commençait à caresser sa cuisse musclée, à éprouver la sensation râpeuse de ses poils sur sa paume, elle craignait de ne pas pouvoir s'arrêter à la chemise. Pourquoi la torturait-il ainsi ?

— Vas-y, n'aie pas peur.

Matt posa la main sur celle de Jennifer, qu'il fit glisser le long de sa jambe. Il attendit un instant, puis la fit remonter jusqu'au bord de sa chemise. Elle laissait comme un chemin brûlant sur son passage. Il savait qu'il ne pourrait en supporter beaucoup plus.

— Tu vois, ma jambe n'est pas si différente de la tienne.

— Oh si, murmura-t-elle en pressant le muscle sous sa paume.

Matt retint son souffle.

— C'est très bien, l'applaudit-il comme on félicite un chiot obéissant.

Puis il s'empara de la télécommande. Elle faillit hurler de frustration.

— J'ai repensé à la façon dont tu avais mangé ces fraises, et ça m'a fait penser à ce film. En voyant ça, je pense que tu comprendras que manger peut être une méthode de séduction efficace. (Il eut un petit rire.) Peut-être que tu essaieras ces techniques pour séduire un homme, quand tu auras résolu ton problème.

Jennifer serra les dents. Elle l'aurait volontiers assassiné, mais elle n'avait pas envie d'aller en prison pour lui. Et puis, la seule arme potentiellement mortelle à sa disposition était le plateau en argent, et elle ne voulait pas risquer de le cabosser sur cette tête de mule.

— Et quel est ce film censé m'inspirer ? demanda-t-elle en enlevant sa main de la cuisse de Matt. *Debbie se tape Dallas ?*

Il éclata de rire.

— Non c'est une production un peu plus traditionnelle. Ça s'appelle *9 semaines ½*. C'est une antiquité, et il y a des scènes un peu ridicules, mais dans l'ensemble, je crois que ça va t'intéresser. Si tu as des questions, on peut en parler pendant le film.

— Figure-toi que je l'ai déjà vu, rétorqua Jennifer. Je n'ai pas besoin d'explications.

Il sourit.

— Très bien, se contenta-t-il de répondre.

— Puisque je l'ai déjà vu, je vais lire mon magazine pendant que tu regardes.

— Pourquoi pas. Si je vois une scène qui peut t'aider pour ton problème, je te préviendrai.

Jennifer se précipita dans son bureau et prit son magazine. Elle attrapa également la couverture posée sur sa chaise et l'apporta au salon.

— Je me suis dit que tu devais avoir un peu froid comme ça, alors je t'ai apporté une couverture.

— C'est vrai qu'il ne fait pas chaud. Mais je peux tout à fait me couvrir. Tu sauras toujours que je suis à moitié nu en dessous, et nous pourrons donc poursuivre notre travail de désensibilisation à la nudité masculine.

Matt s'empressa de prendre la couverture. Il savait qu'il ne tiendrait pas tout le film à écouter les petits bruits essoufflés qu'émettait Jennifer, assise à ses côtés.

— C'est mieux comme ça.

Il n'aurait pu prononcer une phrase plus longue en conservant une intonation normale. Dès qu'il serait rentré, il prendrait une bonne douche froide. (Mais il savait bien que même avec toute l'eau glacée du monde, il ne pourrait venir à bout de son désir grandissant pour elle.) Il lui faudrait trouver une meilleure idée pour le lendemain, car tout ce travail de séduction finissait par perturber son sommeil, sa vie professionnelle et sa libido.

— Ravie de l'entendre, dit-elle, laconique, en s'installant sur le canapé.

Elle s'était assise aussi loin de lui que possible.

Jennifer essaya de concentrer ses pensées et ses regards sur le magazine, mais le petit écran attirait régulièrement son attention. *Encore une soirée torride en perspective*, se dit-elle, même si la température extérieure ne dépassait pas les 5 °C. Toute la soirée, elle allait devoir combattre son désir de plus en plus ardent de grimper sur les genoux de Matt et de lui montrer qu'elle n'était pas si coincée.

À cette pensée, elle se leva brusquement et parcourut la pièce de long en large en détaillant le mobilier.

— Un problème ? Le film te perturbe ?

— Non, répliqua-t-elle. J'étais en train de me dire que cette table serait mieux de l'autre côté.

Elle souleva sa petite table à bords sculptés et la transporta près de la fenêtre.

— Besoin de se défouler ?

— Pas du tout. Je vais me servir un verre d'eau. Tu en veux un ?

Il refusa et la regarda disparaître dans la cuisine. C'était encore pire que la veille. Il avait l'impression de voir des étincelles dans l'air.

Enfin, le film se termina. Jennifer revint dans le salon. Matt retira le DVD du lecteur et le rangea dans sa boîte. Puis il remit son pantalon.

Il avait donc gardé quelque chose en dessous, remarqua Jennifer, qui l'observait à la dérobée.

Il lui tourna le dos pour rentrer sa chemise et refermer son pantalon. Le léger bruit de la braguette lui fit vibrer les nerfs. En quelques minutes, il eut fini de se rhabiller.

— Bonne nuit, Jennifer. J'ai l'impression que nous avons beaucoup progressé, ce soir.

Il lui sourit et se dirigea vers l'entrée.

— Et c'est tout ? Tu t'en vas comme ça ?

Dans un brouillard hébété, elle le suivit.

— J'ai une grosse journée demain.

À la porte, il lui serra la main et partit. Incroyable ! Il l'abandonnait encore une fois. Elle aurait bien hurlé de colère.

Le lendemain soir, Jennifer avait un plan, un moyen simple de se sortir de ce cauchemar. Elle allait dire à Matt qu'il l'avait guérie. Tout simplement. Elle s'aspergea de parfum jusqu'à ce que l'odeur semble émaner d'elle à chaque mouvement.

Elle caressa le déshabillé de soie dorée qui lui dessinait joliment la poitrine. De larges bretelles lui recouvraient les épaules, une jupe à godets très ajustée aux hanches qui lui tombait jusqu'aux pieds. Le tissu doré scintillait dans la lumière tamisée. Ça a intérêt de marcher, pensa-t-elle. Sinon, il lui restait en dernier recours un bon stock de crème chantilly.

Jennifer se glissa dans la robe de chambre assortie et la laissa ouverte pour dévoiler ce qu'elle portait en dessous. Elle avait enfilé de petits chaussons à talons, de la même couleur dorée. Elle se sentait sensuelle, belle, et surtout prête à consumer le désir qu'elle et Matt avaient accumulé l'un pour l'autre.

Quand Matt sonna à la porte, elle se regarda une dernière fois dans le miroir avant d'ouvrir. Il avait appelé pour lui dire qu'il avait prévu quelque chose de spécial pour la soirée. Tiens, tiens, lui aussi ? Le *Boléro* de Ravel passait doucement en fond sonore, comme la première fois qu'elle avait joué à le séduire. Seulement, cette fois, elle ne jouait pas.

Jennifer ouvrit la porte et resta dans l'encadrement, espérant qu'il remarquerait le tableau qu'elle formait à contre-jour, avec la lumière allumée derrière elle.

— J'ai une surprise pour toi, mais avant j'ai besoin de ton téléphone. Ma batterie est à plat, et je dois répondre à un message vocal, dit-il sans lui laisser le temps de prononcer un mot.

— Bien sûr, répondit-elle en s'écartant.

Il lui passa devant comme si rien n'avait changé depuis la veille, comme si elle portait toujours son pyjama et une robe de chambre miteuse. Déconfite, elle le suivit à l'intérieur.

Il raccrocha au bout d'une minute.

— C'est ce que je craignais. Je vais peut-être devoir partir plus tôt que prévu. Je suis de garde.

— Assieds-toi donc et écoute la musique, l'invita-t-elle, se sentant soudain très maladroite.

Il n'avait pas l'air sensible à son allure soigneusement préparée. Et, face à son attitude rigide et détachée, elle ne savait plus comment le mettre dans l'ambiance.

— D'accord, dit-il.

— Tu ne veux pas d'abord te déshabiller ? ne put-elle s'empêcher de demander.

Matt rit.

— Pas tout de suite. Je suis un peu fatigué.

Jennifer fulmina. *Et tu as sans doute aussi la migraine*, pensa-t-elle avec colère alors qu'ils s'installaient sur le canapé. Comment réagirait-il si elle lui sautait dessus sans prévenir ?

— Belle musique, remarqua-t-il. Mais tu n'as rien de plus sensuel ?

Jennifer s'affaissa un peu. Peut-être avait-elle vraiment du mal à comprendre ce qui était sensuel et ce qui ne l'était pas.

Ils restèrent assis quelques minutes, sans se toucher, sans bouger, se contentant d'écouter. *Et zut.* La musique ne lui faisait peut-être rien à lui, mais elle sentait l'excitation monter en elle. Elle écoutait la mélodie qui enflait lentement, se faisant plus forte, plus rapide, grimpant vers son paroxysme. Comment pouvait-il ne pas être touché ?

Au moment où elle rassemblait son courage pour prendre la parole, il lui toucha l'épaule d'un doigt. Elle tressaillit.

— Tu ne veux pas savoir quelle est la surprise ? demanda-t-il en faisant descendre son doigt le long de son bras, jusqu'à sa main.

Puis, toujours plus lentement, il parcourut de la même manière chacun de ses doigts.

Ce simple contact fit battre le cœur de Jennifer au point qu'elle le crut près d'exploser. Elle se dit que c'était finalement une bonne chose qu'ils n'aient pas fait l'amour. Elle n'y aurait pas survécu.

— Jennifer ? dit-il en glissant son doigt entre les siens avant de les caresser de haut en bas d'une manière qui fit naître des frissons le long de son échine.

— Oui, souffla-t-elle, captivée par ses mouvements suggestifs.

— La surprise, Jennifer. Tu ne veux pas savoir ce que c'est ?

— Si, murmura-t-elle, dans un état proche de l'hypnose.

— D'accord.

Il ôta sa main de la sienne. Elle se sentit abandonnée, comme s'il était parti après avoir commencé à lui faire l'amour.

Il fouilla dans la poche de son manteau et en sortit une petite bouteille. Lentement, il la déboucha. Une senteur capiteuse qui rappelait la rose, le musc et le jasmin vint lui titiller les narines.

— Qu'est-ce que c'est ? s'enquit-elle en tendant la main.

Il se mit un peu du liquide sur le bout du doigt et en frotta l'intérieur du poignet de Jennifer.

— Tu aimes ?

Elle renifla délicatement.

— Oui, ça sent très bon.

— C'est de l'huile de massage. Je comptais t'en imprégner la peau jusqu'à ce qu'elle brille à la lumière.

Oh oui ! s'écria-t-elle en silence. *Oui !* Son imagination se débrida à tel point qu'elle ne put que hocher la tête en signe d'approbation.

— Très bien, déclara-il.

Le téléphone sonna.

— Oh, il faut que je réponde, dit-il. Je leur ai donné ton numéro.

Non, non, non! voulut-elle hurler. Elle posa ses avant-bras sur ses genoux et pencha la tête, incapable de croire qu'il allait partir. Encore une fois.

Après une conversation chuchotée, il revint.

— Je suis désolé, Jennifer, mais je dois y aller.

Non. Il ne pouvait pas l'abandonner dans cet état. Pas encore.

— Et l'huile de massage ?

— Oh, garde-la. Tu pourras l'utiliser comme huile de bain.

— Après un rapide baiser sur le front, il partit.

— Huile de bain ? Huile de bain ? Ce n'est pas possible ! gémit-elle. Je suis prisonnière d'un cauchemar d'abstinence !

Chapitre 10

Matt avait connu ces derniers jours un véritable calvaire. Il avait fini par faire seul la route vers la maison au bord du lac. Il craignait d'avoir poussé la vengeance un peu loin. Jennifer se montrait froide et hostile, et ne lui avait pas adressé plus de dix mots depuis qu'il était arrivé pour le petit déjeuner. Alva et son ami Bill Dixon étaient déjà là, installés à la table de la cuisine.

Matt prit place en face d'eux. Il huma l'air avec gourmandise en s'asseyant à côté de Jennifer. Veronica, au moins, ne le boudait pas. Elle avait tenu sa promesse de lui faire ses fameuses gaufres, accompagnées d'un délicieux jambon fumé. C'était le meilleur petit déjeuner qu'il ait pris depuis la dernière fois que sa mère le lui avait préparé. Sur la grande table rectangulaire étaient disposés des plats fumants et une cafetière.

Aux délicieux arômes qui s'en échappaient, il se rendit compte à quel point il avait faim.

— Alors dites-moi, Matt, demanda Bill Dixon, quel type de pêche pratiquiez-vous sur la côte ?

— J'ai fait un peu de tout. Pêche au popper, wading, pêche en eau peu profonde, pêche en haute mer… Sur une jetée, en bateau à moteur, sur des bateaux plus gros dans le golfe… Tout me plaît.

— Au popper ? Qu'est-ce que c'est ? Tu donnes du poppers aux poissons ? demanda Alva en passant à Matt l'assiette de jambon fumé.

Matt sourit.

— Pas tout à fait. On se sert de ce qu'on appelle un leurre popper, et on pêche depuis une jetée ou un bateau. On secoue la canne pour que l'appât s'agite de haut en bas dans l'eau en faisant des petits « pop ». C'est censé attirer l'attention du poisson.

Matt se servit en jambon et passa l'assiette à Bill. Quand le plat de gaufres arriva à lui, il en prit une et l'inonda de sirop d'érable.

Pendant quelques minutes, Ed et Bill, découvrant qu'ils s'étaient déjà rencontrés l'an passé lors d'un tournoi, parlèrent de descendre sur la côte au printemps et de s'essayer à la pêche en mer, ce dont ni l'un ni l'autre n'avait encore fait l'expérience.

En se coupant une tranche du gros jambon posé devant lui, Matt se dit qu'il était peut-être allé trop loin. Il posa son regard sur Jennifer, dans l'espoir qu'elle cesse de faire comme s'il n'était pas là. Puis il baissa les yeux sur son assiette. La faim l'avait quitté et il se mit à mastiquer son jambon machinalement.

Il avait dû faire preuve d'une volonté surhumaine pour se retenir de voir Jennifer ces derniers jours. Après leur dernière rencontre, il avait compris qu'il n'était pas question de se retrouver seul avec elle. Il s'étrangla en repensant à la manière dont elle l'avait accueilli ce soir-là. C'était la plus belle femme qu'il lui avait été donné de voir. Il aurait bien déchiré ce déshabillé de soie dorée qui voilait son corps voluptueux.

Dès lors, il avait su qu'il ne pourrait plus mettre son désir de côté, d'autant plus qu'elle avait manifestement décidé de le séduire. Il avait abandonné les douches froides, qui ne lui faisaient plus aucun effet. Il ne pouvait s'empêcher de penser à elle, de fantasmer sur elle. De regretter ce qu'il avait manqué ce soir-là. Il espérait seulement qu'elle lui accorderait une autre chance.

S'arranger pour être appelé dans la soirée avait peut-être été un peu vache de sa part. Mais il s'était fait avoir à son propre jeu. En rentrant chez lui, il avait décidé qu'il en avait assez. Il était temps d'arrêter cette comédie.

Il avait envie d'elle. Dans un lit, un canapé, n'importe où. Et, vu son attitude, elle devait le désirer tout autant. Du moins, c'était ce qu'il croyait jusqu'à son arrivée au lac. À présent, il n'en était plus si sûr.

La veille au soir, l'inquiétude avait germé dans son esprit lorsqu'il l'avait appelée pour lui demander si elle ferait route avec lui. Il aurait même pris sa Jaguar si elle avait voulu. Elle avait refusé, prétendant qu'Alva et Bill devaient passer la prendre. Mais, en arrivant au lac, il avait vu la Lexus de Jennifer à côté de la voiture de ses parents. Il s'était dit que le pick-up noir devait être à Dixon.

Après une brève discussion avec Bill, il comprit que Jennifer n'avait jamais eu l'intention de faire la route avec eux. Elle ne voulait pas faire la route avec lui, se dit-il, dépité.

À présent, elle était assise à ses côtés mais ne lui parlait pas. Elle se comportait comme si elle ne le connaissait pas plus intimement que la perche noire de deux kilos qu'ils avaient remontée dans la matinée.

— Et ce petit poisson, c'est tout ce que vous avez attrapé ce matin ? demanda-t-il, l'asticotant un peu pour qu'elle daigne au moins le regarder.

Jennifer se hérissa.

— Deux kilos, ce n'est pas exactement ce qu'on appelle un petit poisson.

Il hocha la tête.

— Tu as raison. Ce n'est pas mal. Pour une fille.

Alva et Veronica protestèrent à grand bruit, accompagnées des éclats de rire de Bill et Ed. Jennifer ne dit pas un mot. Elle se contenta de lui jeter un regard méprisant.

Matt se sentit un peu mieux. Au moins avait-elle cessé de faire l'autruche.

— Vero, ce sont les meilleures gaufres que j'aie jamais mangées.

— Merci. En vérité, la recette est de Jennifer. C'est une très bonne cuisinière.

Jennifer ne savait plus où se mettre. Le week-end allait déjà être suffisamment compliqué sans les manigances matrimoniales de sa mère. Elle aurait bien voulu se trouver une excuse pour rester à la maison, mais elle n'avait pas pu décevoir son père. Voilà près d'un an qu'il préparait leur participation au tournoi.

Si elle parvenait à contrôler ses émotions, ces deux jours se dérouleraient peut-être sans effusion de sang. Après la dernière soirée passée avec Matt, elle avait été constamment sur les nerfs. Sa frustration avait transformé son agacement en une colère sourde. Toujours blessée par son dédain, elle avait décrété qu'elle ne coucherait avec Matt Penrose que s'il la suppliait à genoux.

Elle prit son couteau et sa fourchette, et entreprit de découper sa tranche de jambon. Elle s'acharna dessus jusqu'à avoir dans son assiette un tas de petits cubes d'un demi-centimètre de côté. Cet homme était insupportable. Comment la situation avait-elle pu se retourner si vite ? Elle le tenait à sa merci, il bavait littéralement devant elle et, l'instant d'après, c'était lui qui l'avait séduite et la narguait en exposant son corps à moitié nu.

— Toutes ces histoires de pêche, ça a l'air assommant, dit Alva. Vous devez passer des heures à jeter vos lignes et à les secouer, tout ça pour attraper une bestiole qui a un cerveau de la taille d'une cacahouète. Et après, il faut encore faire tout un tas de manœuvres compliquées pour enfoncer un crochet dans sa pauvre petite bouche et la tirer hors de l'eau.

— Pas forcément.

Jennifer posa sa fourchette et prit sa grande tasse à café. Elle lança un sourire mielleux à Matt.

— Certains pêcheurs préparent leur appât et s'amusent à attirer un poisson et à le taquiner sans jamais lui donner ce qu'il veut. Ensuite, ils se lassent de leur petit jeu et s'en vont.

Matt lui rendit son sourire.

— Mais tous les pêcheurs n'aiment pas les jeux puérils.

— En tout cas, dit Alva, si j'avais envie de faire du sport, j'irais en salle de gym. Au moins, les tapis de course ne puent pas le poisson. Je vous laisse vous amuser, moi je suis venue pour me reposer.

— Je suis d'accord avec toi, Alva. (Veronica servit du café dans toutes les tasses.) Ma technique de pêche préférée, c'est de m'asseoir au bord du lac. (Elle désigna d'un grand geste la jetée qu'on apercevait par la fenêtre de derrière.) Donnez-moi une chaise confortable, une canne en bambou et un grand verre de limonade, et je suis installée pour la journée.

— Elle est tellement gentille avec les poissons qu'elle ne met même pas d'appât sur son hameçon, s'esclaffa Ed.

Jennifer repoussa son assiette. Elle défia Matt du regard.

— Moi, je ne joue pas. Pas quand je pêche.

— Oh, vraiment ? Je croyais que les petits jeux étaient ta spécialité, répliqua Matt en se levant.

Les autres se turent, et tous les regards se tournèrent vers Matt et Jennifer.

— Pas du tout, mais je peux m'y mettre si j'en ai envie.

Jennifer se leva, sa poitrine se soulevant et s'abaissant au rythme de son souffle saccadé.

— Vous parlez toujours de pêche ? demanda Alva, les yeux écarquillés.

— Bien sûr, rétorqua Jennifer.

Comment osait-il lui parler sur ce ton ? Il avait un de ces culots !

Tout avait commencé à aller de travers le soir de l'exposition. Jusque-là, tout s'était déroulé comme prévu. Du moins, selon son plan revu et corrigé. Celui qui disait qu'ils devaient finir ensemble dans son lit.

— Certains pêcheurs sont incapables d'admettre la défaite quand le jeu est terminé, dit Matt en croisant les bras, sans la quitter des yeux. Ils continuent de se battre alors qu'ils devraient abandonner avec élégance et admettre leurs erreurs.

— Le jeu n'est peut-être pas encore terminé, répliqua Jennifer avec un regard venimeux.

Elle repassa dans sa tête la soirée de l'exposition. Il était sincèrement désolé jusqu'à ce qu'ils échangent ce baiser torride dans la voiture.

— Peut-être même qu'il ne fait que commencer, dit-elle en tentant de se remémorer tous les détails de ce qui s'était passé ce soir-là.

— Bon, c'est bientôt l'heure du tournoi, l'interrompit Ed. Il faut y aller.

Il se leva et s'approcha de Veronica.

— Souhaite-nous bonne chance, chérie, dit-il en lui déposant un baiser sur la joue.

— Rapporte-nous cette grosse bête de six kilos, Ed.

— Prête à relever le défi ? demanda Matt avec un grand sourire.

— Plus que prête, marmonna Jennifer en serrant les dents.

Comment osait-il être aussi condescendant ? Elle avait eu le dessus jusqu'à ce fameux soir dans le parking, quand il l'avait embrassée à lui faire perdre la tête. Ils avaient évoqué son premier baiser sur le siège avant de sa vieille Camaro, se souvint-elle.

Soudain, elle revit toute la scène. Il l'avait appelée Jenny, et elle l'avait appelé Matthew. C'était une exacte reconstitution de la première fois qu'il l'avait embrassée, après ce fameux bal de Noël. Jusqu'à sa mère frappant à la fenêtre.

Il savait. Ce sale rat savait. Elle chercha à rencontrer son regard. L'enfoiré, il devait forcément savoir. Il avait tout compris. Son identité. Son envie de l'embarrasser. Tout. Et il avait décidé de la prendre à son propre piège.

— Je vais aider Vero à nettoyer tout ce bazar, annonça Alva. Vous, les pêcheurs, allez retrouver le vent froid du lac et ses poissons puants.

Quand Jennifer repensa à tout ce qu'il lui avait dit sur les moyens de surmonter son problème, elle fulmina. Et la façon dont il avait exhibé son corps, dont il l'avait excitée, pour ensuite l'abandonner, frustrée, son désir inassouvi. Elle vit rouge. Comment avait-il pu se moquer d'elle de cette façon ? Ils allaient être deux à jouer à ce petit jeu.

Soudain, elle décrocha à Matt un sourire radieux et se glissa auprès de lui.

— Tu viens jouir… euh, jouer ? demanda-t-elle à voix basse.

— Pas encore, dit-il, juste assez fort pour qu'elle l'entende. Mais on a le temps.

Jennifer rougit. Elle regarda autour d'eux, espérant que ses parents n'avaient rien entendu. Ils étaient trop loin pour entendre, mais Alva, elle, les écoutait. Elle ricana et attrapa le bras de Bill pour lui murmurer quelque chose à l'oreille.

Jennifer se força à sourire.

— Le temps file, alors allons pêcher. Tu veux toujours faire ça avec moi ?

Avant la fin du week-end, Matt allait connaître le sens profond du mot « frustration », pensa-t-elle en se frottant délibérément contre lui.

Matt sentit chaque centimètre carré de son corps s'éveiller à son contact. Il adorerait faire ça avec elle, se dit-il en observant l'ondulation de ses hanches tandis qu'elle sortait de la cuisine. Son jean délavé qui la moulait comme une seconde peau donnait envie de passer la main sur ses fesses rebondies.

— Les poissons t'attendent, l'appela Jennifer par-dessus son épaule. Tu en as envie ?

— Tu penses bien que j'en ai envie, murmura-t-il, sachant pertinemment qu'elle jouait avec les mots.

La brume du matin s'était dissipée sur le lac lorsqu'ils atteignirent le coin secret d'Ed. Il manœuvra l'embarcation entre des souches de bois mort et des branches brisées où des serpents prenaient le soleil.

Jennifer s'étira sur le banc à l'arrière du bateau. Matt était assis en face d'elle, et elle savait qu'il l'observait malgré les lunettes de soleil qui dissimulaient son regard. Elle voyait bien qu'il cogitait dur.

Le soleil lui réchauffait le visage. Elle ôta ses lunettes noires et ferma les yeux. Penchée en arrière, appuyée sur les coudes, elle profitait de ce matin d'octobre. Le regard insistant de Matt lui donnait des frissons et elle s'en amusait, sachant très bien qu'il avait les yeux braqués sur sa poitrine. Ses tétons se durcirent, réclamant des caresses, et elle sentait battre son pouls entre ses jambes.

Dieu merci, son père parlait à Bill de ces fameux coins où les poissons mordent toujours, et il était trop occupé pour prêter attention à ce qu'elle faisait.

Elle s'était assez amusée à se laisser regarder, se dit-elle en remettant ses lunettes. Il était temps de le faire souffrir. Elle étendit les bras de chaque côté, sur le dossier du banc. Sa chemise de flanelle rouge, rétrécie par les lavages, se tendit à craquer sur sa poitrine. Le bouton du haut s'ouvrit.

Elle savait que, de cet angle, seul Matt pouvait le remarquer. Et il le remarqua. Elle devinait, à la bosse qui se formait sous son jean, qu'il avait parfaitement conscience du moindre de ses mouvements. Elle fit courir ses mains le long de ses hanches, sur son ventre et ses cuisses, comme pour masser ses muscles tendus. Puis elle les glissa derrière sa nuque et les passa dans ses cheveux, les emmêlant d'une façon qu'elle espérait sensuelle. Elle appuya ses bras l'un contre l'autre comme si elle s'étirait, compressant sa poitrine pour faire remonter ses seins. Puis elle relâcha les bras, les laissa retomber sur les côtés et s'appuya de nouveau en arrière. Prudemment, elle épia Matt. Il ne l'avait pas quittée des yeux. Il se trémoussait sur son siège, comme si son jean était trop serré pour lui.

Matt envisagea de plonger dans le lac pour refroidir son imagination enflammée, mais cela impliquait de détacher son regard de Jennifer. Il décida de rester. C'était un tel régal de la voir qu'il ne voulait pas en rater une miette. Sa chemise s'était légèrement ouverte, juste assez pour lui donner un aperçu de la rondeur de ses seins. Il se souvint de la douceur de sa peau sous ses doigts quand il les avait caressés.

Pendant quelques minutes, il se contenta d'observer les mouvements de sa poitrine quand elle respirait. Ainsi étendue, les jambes légèrement écartées, elle le rendait fou. Son corps était une invitation qu'il voulait mais ne pouvait accepter. Du moins, pas avant qu'ils ne se retrouvent seuls.

Il entendit Bill déclarer :

— Je vais prendre mon nécessaire à l'arrière du bateau.

Brusquement, Matt se pencha pour reboutonner la chemise de Jennifer. Il se fichait que son père le voie faire. Il ne voulait pas qu'un autre homme regarde ce qui lui appartenait.

— Tu es venue pour pêcher ou pour te prélasser ? lui demanda-t-il d'un ton bourru.

Jennifer retira ses lunettes et le regarda bien en face.

— Pêcher, évidemment. (Elle sourit d'un air mielleux.) Et je compte bien attraper quelque chose d'énorme.

Il vit ses yeux descendre vers son entrejambe, s'y attacher un moment puis remonter vers son visage d'un air provocateur.

Matt ignorait par quel miracle il avait pu rougir, sachant que tout son sang semblait concentré en dessous de sa ceinture. Cela expliquait d'ailleurs peut-être la lenteur de son esprit. Il n'y avait plus assez de sang pour irriguer son cerveau.

— Bon, les enfants, c'est chacun pour soi, annonça Ed en jetant sa ligne vers une souche déchiquetée, à quelques mètres de là.

À midi, seuls Ed et Bill avaient des prises dignes d'être conservées. Jennifer avait remonté quelques petites perches et un ou deux crapets, qu'elle avait rejetés.

Matt lui fit un commentaire désobligeant à chaque prise, qu'elle lui rendit avec les intérêts quand elle s'aperçut que lui non plus n'avait rien attrapé.

Puis Ed se mit à crier :

— Je l'ai. Je l'ai !

Jennifer hurla des instructions en même temps que Bill et Matt. Chacun pensait avoir la meilleure technique pour remonter le poisson.

— Oh, il est superbe ! s'écria Jennifer, percevant un éclair sous la surface de l'eau.

Matt s'empara du filet avant elle. Il se pencha sur le bord du bateau et fit passer le filet sous le poisson. Avec précaution, lui et Ed remontèrent leur prise.

— Tu l'as eu, papa ! s'exclama Jennifer. Il doit bien faire six kilos.

— Peut-être même sept, sourit Matt. On dirait bien que tu l'as gagné, cet acompte sur ton camping-car.

Ed souriait jusqu'aux oreilles.

— Et attends que je le montre à Vero.

— Ouais, dit Bill, mais il faut d'abord le montrer aux juges.

Il s'assura que le second panier, réservé au poisson de concours, était correctement fixé, puis Ed y plaça sa prise, à l'écart des poissons qu'ils avaient pêchés pour le repas.

Quarante-cinq minutes plus tard, ils avaient inscrit et fait photographier leur prise. Ed avait même été interviewé par un journaliste de l'hebdomadaire local. Tout le monde semblait convaincu que personne ne ferait mieux.

— Celui-là, je le fais empailler et je l'accroche au mur, déclara Ed.

Au moins une bonne chose dans cette journée maudite, se dit Jennifer, souriant à la joie de son père.

— Je propose qu'on rentre à la maison voir ce qu'il y a pour le déjeuner, dit Ed en lançant le moteur, qui hoqueta, s'éteignit, puis repartit.

Ed fronça les sourcils.

— On dirait que ce moteur fait encore des siennes.

— Ça va aller, dit Bill en détachant le ver de sa ligne.

— Je suppose que ce n'était pas mon jour, dit Matt.

— La chance va peut-être tourner, dit Jennifer. Ce sera peut-être ta nuit.

Elle était devenue assez experte dans l'art de le faire frétiller au bout de son hameçon. Elle sourit à son père, qui accélérait sur une zone d'eau dégagée. Le vent était agréable sur son visage. Étonnamment, Matt n'avait plus rien dit depuis sa dernière pique. En avait-il assez de jouer ?

Quand ils eurent rejoint le ponton, Bill sauta à terre et amarra l'embarcation. Matt aida Ed à hisser le lourd panier hors de l'eau. Ils portèrent leur prise à la bassine qu'Ed avait installée sur le ponton. Au-dessus, il avait fixé un tuyau d'arrosage.

— C'est une bonne installation pour nettoyer les prises, remarqua Matt.

Ed s'esclaffa.

— Merci. J'ai dû improviser parce que Vero n'aime pas que je vide les poissons dans la maison.

(Il secoua la tête, mimant le désespoir.) Ce qu'il ne faut pas faire pour satisfaire les femmes...

Matt hocha la tête.

— Ouais, c'est incroyable tout ce qu'on est prêts à endurer.

Jennifer fronça les sourcils.

— Papa, pourquoi n'irais-tu pas annoncer à maman pour le poisson ? Je m'occupe du sale boulot, dit-elle en sautant sur le quai. Vu ce qu'on a attrapé, ça ne devrait pas me prendre plus de vingt minutes.

— Non, Jenny. Toi et Matt, vous allez à la maison. C'est Bill et moi qui les avons pris, c'est à nous de les nettoyer.

— Alors je vais rester vous aider, proposa Jennifer, peu désireuse de rentrer seule avec Matt, loin de leurs chaperons.

— Non, vas-y, Jenny, insista Ed.

Elle savait qu'il était inutile de discuter avec son père. Elle les quitta sans tarder.

— Vous êtes sûrs que vous n'avez pas besoin d'aide ? demanda Matt.

Ils lui assurèrent que non, et Matt se hâta à la suite de Jennifer.

— Ça me surprend que tu veuilles nettoyer le poisson, dit-il en la rattrapant.

— Pourquoi ? Préparer les prises fait partie de la pêche.

— Ce serait une première. Une femme qui a envie d'aller jusqu'au bout de ce qu'elle entreprend.

— Je vais toujours jusqu'au bout, répliqua-t-elle sèchement.

— Ah oui ? Prouve-le.

Il l'attrapa par le bras et l'entraîna derrière un chêne, hors de vue depuis la maison.

— Prouver quoi ?

Elle se dégagea.

— Que tu sais aller jusqu'au bout. Tu m'as chauffé toute la matinée, à me montrer tes seins et tes hanches. C'est de la provocation. Voyons si tu es capable d'aller jusqu'à la conclusion logique.

Sans crier gare, elle lui sauta dessus, jetant ses bras autour de son cou. Elle pressa son corps contre le sien et ses lèvres sur les siennes. Elle l'embrassa comme si elle avait toute la journée devant elle pour perfectionner l'art du baiser. Quand il eut suffisamment surmonté le choc pour poser ses mains sur ses hanches, elle recula.

— Ça te va ? demanda-t-elle sèchement.

Puis elle se retourna et reprit sa marche vers la maison en essayant de dissimuler le tremblement de ses jambes.

Matt reprit son souffle et lui courut après. Elle grimpait déjà les marches du perron quand il la rattrapa.

— Ce n'était pas mal, dit-il. Pour une fille.

Jennifer se retourna vivement.

— Je ne suis pas une petite fille à peine entrée au lycée. Je suis une femme.

— Prouve-le, la provoqua-t-il doucement, le regard brillant.

— Comment s'est passée la pêche ? s'enquit Alva depuis le hamac, à trois mètres de là.

Jennifer et Matt firent un bond.

— Holà ! Qu'est-ce qui se mijote entre vous deux ?

Alva s'assit avec précaution dans le hamac.

— Tu dis n'importe quoi, Alva, répliqua Jennifer.

— Oh, je ne suis pas aveugle. Contrairement à certaines personnes que je ne nommerai pas, dit-elle en les observant tour à tour. Où sont Bill et Ed ?

— Ils vident le poisson, répondit Matt.

— Berk ! fit Alva avec un gracieux tressaillement. Je crois que je vais devenir végétarienne.

— Pas moi, dit Matt. J'adore le poisson, sans parler du steak.

— Évidemment. J'ai lu dans un article que le besoin de manger du bœuf chez les hommes provenait de la testostérone, alors que les hormones des femmes leur permettaient de se contenter de légumes, dit Alva.

— Oui, moi aussi j'ai lu ça, renchérit Jennifer. Et c'est vrai que, sauf si je suis vraiment affamée, une salade suffit à me rassasier.

— Ah oui, tu en es bien sûre ? lui murmura Matt à l'oreille.

Jennifer le fusilla du regard.

— Dommage qu'il n'y ait pas un morceau de viande crue à proximité pour calmer tes hormones.

— Allons, les enfants, jouez gentiment ou je vais devoir vous séparer, intervint Alva.

Veronica ouvrit la porte et passa la tête à l'extérieur.

— Je me disais bien que j'avais entendu des voix. Venez vous laver les mains.

Jennifer préféra d'abord s'isoler. Dans la salle de bains, elle essaya de mettre au point un plan d'attaque, mais les émotions qui la submergeaient affectaient ses capacités de raisonnement. Elle semblait répondre par réflexe à tout ce que Matt faisait ou disait, et saisir la moindre opportunité pour lui cracher symboliquement au visage. Elle posa les doigts sur ses lèvres et ferma les yeux, regrettant d'avoir été bouleversée par ce baiser. Combien de temps pourrait-elle encore supporter cette situation ?

Elle entendit sa mère crier de joie. Quand elle sortit de la salle de bains, elle la vit sautiller d'excitation.

— Oh, Jenny, pourquoi ne m'as-tu rien dit ? demanda-t-elle.

Jennifer marmonna une réponse, inventant qu'elle avait voulu que son père annonce la bonne nouvelle en personne. Elle regarda ses parents s'embrasser fébrilement et se demanda ce que ça faisait d'avoir quelqu'un avec qui partager ses joies. Quelqu'un qui la serrerait contre lui quand elle serait malheureuse.

Durant le repas, Jennifer fut aussi silencieuse que Matt. Elle semblait absorbée par son bol de chili. Quand personne ne la regardait, elle en profitait pour observer Matt. Il était vraiment obtus. Pourquoi ne voyait-il pas qu'elle l'aimait ? À cette pensée, elle faillit lâcher son verre de thé glacé.

— Tu en veux encore ? (Jennifer se passa la langue sur la lèvre supérieure et regarda Matt.) Du chili ?

Matt regarda le petit bout rose de sa langue et se demanda s'il y avait un endroit où ils pourraient se retrouver seuls. Alors, il lui montrerait ce qu'elle pouvait faire avec cette jolie langue.

Chapitre 11

— On va faire une balade, Ed et moi, dit Veronica après le déjeuner. (Elle montra la cuisine.) J'ai fait le repas, vous pouvez tout nettoyer. Je vais faire en sorte d'être partie assez longtemps pour que vous ayez le temps de faire du bon travail.

Après leur départ, Matt aida à débarrasser la table.

— Je vais laver la vaisselle. Tu veux rincer, Jennifer ?

S'il parvenait à s'isoler avec elle, ils pourraient peut-être commencer à se sortir de cette comédie où ils s'étaient embourbés. Le moment était venu de s'expliquer.

— Il vaut mieux laisser Alva rincer. Moi, j'essuierai et je rangerai, puisque je sais où vont les affaires.

— La cuisine est assez grande pour qu'on tienne tous autour de l'évier ? demanda Alva.

Jennifer donna un coup de coude à son amie et lui jeta un regard suppliant.

— Ce n'est pas que j'essaie de m'en tirer sans rien faire, dit Alva en s'emparant d'un torchon. Tu viens, Bill ? Pour nous tenir compagnie.

— D'accord, j'adore le travail, dit Bill. Je pourrais passer des heures à regarder les autres travailler.

Alva le frappa avec son torchon. Il glapit et l'attrapa par la taille, puis la souleva et s'assit sur une chaise avec elle sur les genoux. Alva poussa un cri aigu et se débattit, mais sans grande conviction. Lorsque Bill se mit à frotter son nez contre sa nuque, Alva se laissa aller contre lui avec un soupir.

Jennifer sentit des larmes lui monter aux yeux. Elle cligna furieusement des paupières pour dissimuler son trouble. *Quelle charogne*, se dit-elle en jetant à Matt un regard mauvais. Voilà ce qu'il avait fait d'elle : il l'avait rendue aussi pleurnicheuse qu'une adolescente amoureuse.

L'air renfrogné, Matt regarda le couple s'amuser et versa du liquide vaisselle dans l'évier.

— C'est parti, dit-il en attrapant la pile de bols graisseux.

On dirait que Bill et Alva ont trouvé un terrain d'entente, se dit-il. Apparemment, Alva ne trouvait pas son pêcheur si ennuyeux que ça. À présent, s'il pouvait se retrouver seul avec Jennifer, peut-être arriveraient-ils eux aussi à trouver un arrangement.

— Je vais devoir aller en ville en fin de journée, Jennifer, dit-il sans la regarder. Tu veux m'accompagner ?

Jennifer le regarda, surprise par la question.

— Pourquoi pas, répondit-elle lentement.

Elle lui prit le bol dégoulinant des mains, le rinça et l'essuya avant de le poser sur le plan de travail.

Alva bondit des genoux de Bill.

— Pousse-toi, c'est mon boulot, dit-elle en se plaçant entre Matt et Jennifer.

Elle s'empara du bol suivant, le rinça et le tendit à Jennifer.

Jennifer poussa un soupir. *Je suppose que ça me servira de leçon*, songea-t-elle. *Je m'arrange toujours pour qu'Alva s'interpose entre nous, mais elle arrive toujours quand je ne veux plus qu'elle intervienne. Et elle ne veut jamais comprendre qu'il faut qu'elle s'en aille.*

— Bill, mets cette radio qui passe des vieux tubes. J'ai oublié mon iPod, et on a besoin de musique, dit Alva.

Il s'exécuta. Après une page de publicité, la radio joua la reprise de *Sea of Love*, des Honeydrippers. Bill monta un peu le volume.

— Mes parents adorent danser sur cette chanson, dit-il.

Alva s'essuya rapidement les mains avec son torchon.

— Viens là, Bill.

Elle se jeta dans ses bras et tous deux commencèrent à danser autour de la table de la cuisine, puis sortirent sous le porche.

Matt ferma le robinet et prit une serviette en papier. Après s'être séché les mains, il se tourna vers Jennifer.

— Approche, murmura-t-il en la prenant dans ses bras.

Mais, au lieu de se mettre en position pour danser, il entoura sa taille de ses bras, la forçant à poser les siens sur ses épaules. Lentement, elle glissa les mains autour de son cou.

— J'aime beaucoup cette chanson, moi aussi, dit Jennifer.

Et je t'aime, avait-elle envie de dire. Elle avait accepté l'idée. Peut-être l'avait-elle toujours aimé.

Elle soupira. Elle avait souvent entendu dire que l'amour avait beaucoup en commun avec la folie. Ce qui expliquerait la façon dont elle se comportait depuis qu'elle l'avait rencontré.

Elle plongea les yeux dans les siens et commença à se balancer au rythme de la musique. Lorsque Matt l'attira plus près et que ses seins vinrent se plaquer contre son torse, elle laissa échapper un gémissement.

Ils se déplacèrent, sensuellement collés l'un à l'autre, poitrine contre poitrine, hanche contre hanche, cuisse contre cuisse. Elle sentait son souffle sur son visage tandis qu'elle le regardait au fond des yeux. Délibérément, il frotta son corps contre le sien et se délecta de sa respiration haletante.

— Combien de temps vas-tu encore m'aguicher comme ça ? souffla-t-il.

Il fit glisser ses mains sous ses fesses et la souleva pour que son corps se colle parfaitement au sien.

— Combien de temps vas-tu me faire attendre avant d'éteindre ce feu qui brûle entre nous ? reprit-il.

La chanson se termina. Il arrêta de bouger.

— Je sais que tu me désires autant que tu me désirais à quatorze ans. Autant que je te désirais à l'époque, et autant que je te désire à présent. Arrête de faire ton allumeuse.

Jennifer leva la tête.

— Je ne suis pas une allumeuse.

— Alors arrête de te comporter comme telle.

— C'est ça que tu penses ?

— Allez, Jenny, grandis un peu. Arrête tes jeux puérils. Je n'en peux plus.

Elle le repoussa et se recula.

— Donc, en gros, je suis une allumeuse puérile ?

Matt laissa éclater toute sa colère.

— Oui ! Oui. C'est ce que je pense. Du moins quand j'arrive à penser !

Il se passa la main dans les cheveux et lui tourna le dos. Puis il se retourna.

— Tu m'as tellement embrouillé que je ne sais presque plus comment je m'appelle. Je n'ai jamais été aussi frustré de toute ma vie. Si j'avais un peu de bon sens, je rentrerais à Dallas sur-le-champ.

— Alors vas-y ! cria Jennifer. Qu'est-ce qui te retient ?

— Je ne sais pas. Je suppose que j'ai envie de savoir si tu es aussi bonne au pieu que ce que j'ai imaginé pendant toutes ces années, lâcha Matt.

Cette dernière pique l'atteignit au cœur. Était-ce la seule chose qui l'intéressait chez elle ?

— Ça, tu ne le sauras jamais, répliqua-t-elle. Alors profite bien de tes fantasmes, car il n'y a aucun risque que je me retrouve dans ton lit un jour.

Il croisa les bras et planta son regard dans le sien.

— Oh, je n'en suis pas si sûr. Si je me souviens bien, c'est toi qui as essayé de me mettre dans ton lit, il y a quelques jours.

Jennifer rougit, furieuse. Il tendit la main et fit courir son doigt sur le devant de sa chemise, s'arrêtant sur son téton durci.

— Tu vois, tu es excitée rien que d'y penser, chuchota-t-il, les yeux luisants de désir.

Jennifer repoussa sa main.

— Toi aussi, tu aimes jouer à des jeux puérils, Matt. Tu sais qui je suis depuis des jours, mais est-ce que tu l'as dit ? Non. Tu étais trop occupé à essayer de me séduire en faisant semblant de m'aider.

— Eh bien, n'est-ce pas le jeu auquel on a joué tous les deux ? Le jeu de la séduction ? Et ce, depuis le début, depuis que tu t'es enfuie de mon bureau ?

Exaspérée, elle serra les dents.

— Comme je te l'ai déjà dit, je ne me suis pas enfuie de ton bureau. J'ai été appelée pour une urgence.

Il renâcla.

— D'accord. Tu me prends vraiment pour un con ?

— Attends, je ne sais pas trop. Laisse-moi réfléchir… rétorqua Jennifer.

— C'est exactement le genre de réponse infantile que j'attendais de toi.

— Infantile ? Moi ? Ce n'est pas moi qui passe mon temps à me déshabiller pour exhiber mon corps, en faisant passer ça pour de l'altruisme.

— Hé, vous deux, baissez d'un ton, les interrompit Alva depuis le pas de la porte. Vous gâchez l'ambiance.

Jennifer jeta un regard noir à Matt. *Quel crétin sans cervelle !*

— Retournez donc à Dallas, docteur Penrose. Vous n'aurez pas ce que vous êtes venu chercher. Ni maintenant ni jamais.

Matt la regarda sortir en trombe. Les choses ne s'étaient vraiment pas déroulées comme il voulait. Il se frotta les yeux. Mais qu'est-ce qui lui prenait ? Il n'arrivait pas à formuler ce qu'il avait réellement à l'esprit. Il entendit claquer la porte d'entrée.

— Wouaouh, fit Alva. Je n'avais jamais vu Jennifer dans cet état. Je vais aller voir si elle va bien.

Matt regarda Bill, qui lui faisait de grands sourires.

— Tu savais que les parents de Jennifer étaient assis dehors, sur les marches du porche ?

— Oh non, gémit Matt en fermant les yeux. Je ferais mieux d'aller faire mon sac avant qu'Ed se pointe avec un fusil.

La porte qui menait sous le porche grinça. Ed et Veronica entrèrent. Matt se raidit et regarda le père de Jennifer bien en face.

— Vas-y, Vero, je te rejoins dans un instant, dit Ed.

Matt se prépara à la confrontation. Veronica passa à côté de lui sans mot dire, mais elle avait l'air de contenir un éclat de rire. Il ouvrit la bouche pour s'excuser et leur assurer qu'il ne voulait pas de mal à Jennifer, mais Ed l'interrompit.

Avec un grand sourire, il dit :

— C'est l'enfer, les préliminaires, hein mon gars ?

À cette question imprévue, Matt éclata de rire. Il rit si fort que des larmes lui montèrent aux yeux.

— C'est comme ça que vous appelez ça ?

— Ouaip, surtout quand c'est aussi mal barré que ce que je viens d'entendre. (Il soupira.) Ce doit être vrai, ce qu'on dit. Si jeunesse savait, si vieillesse pouvait…

Il traversa la cuisine et suivit sa femme à l'extérieur.

— Jennifer, si on rentrait s'asseoir pour en parler au calme ? proposa Alva en contournant un buisson d'épines.

— Il est toujours là, ce type ?

— Quel type ? demanda Alva.

Quand Jennifer se retourna pour mieux la fusiller du regard, Alva soupira.

— D'accord, d'accord. Oui, Matt était toujours là quand je suis sortie.

— Alors, je ne rentre pas.

— Tu fais ta bécasse, là, non ?

Jennifer s'arrêta et s'assit sur une souche.

— Peut-être, mais je suis tellement en colère que, s'il me refait son sale petit sourire satisfait, je lui arrache les yeux.

— Vous vous êtes tous les deux comportés comme des gosses de cinq ans, dit Alva.

Devant le visage renfrogné de Jennifer, Alva se mit à rire.

— Laisse tomber. Je sais qu'il est inutile de te faire la leçon sur les relations entre personnes et la nature humaine. Après tout, tu es psychologue, et si tu avais une réaction irrationnelle, tu l'admettrais sans problème, n'est-ce pas ?

— Ouais, j'imagine, grogna Jennifer, gênée de s'être laissée emporter.

Finalement, après quelques minutes de silence, Alva annonça :

— Je rentre à la maison. Tes parents doivent se demander ce qui se passe.

Alva n'avait pas fait trois pas que Jennifer s'était levée et l'appelait :

— Attends ! Je viens avec toi. Après tout, en tant que psychologue diplômée, je devrais être capable d'agir en adulte raisonnable pendant le reste du week-end, dit-elle d'un ton sarcastique.

— Ah, je préfère ça !

Quand elles entrèrent, Ed était là.

— Je crois que je vais prendre ma veste. Il commence à faire frisquet, dehors. (Il sourit.) Allez, Jenny, viens pêcher. Ta mère veut un tas de poisson pour le dîner. Bill et Matt nous attendent sur le bateau.

Elle hésita.

— Je crois que je ne vais pas venir, papa.

— Ah non, Jenny, tu ne vas pas céder devant Matt, quand même ?

Jennifer rougit.

—Comment ça ?

—Ton ami le docteur pense que tu as exagéré tes talents de pêcheur. Il dit que tu parles beaucoup, mais que tu n'agis pas. Et je crois qu'il a ajouté quelque chose, comme quoi ce serait une habitude chez toi.

—Le sale petit…, cracha Jennifer, oubliant qu'elle avait décidé d'être raisonnable.

—Je lui ai dit que tu allais lui montrer de quoi tu es capable, dit Ed.

—Vas-y, papa. Retiens-moi le bateau, je vais chercher ma veste, dit-elle en se ruant dans sa chambre.

Lorsqu'elle arriva au ponton, son père était en train de régler le moteur.

Bill descendit du bateau.

—Je crois que je vais rester avec Alva, finalement, dit-il avec un sourire indolent. Ed a décroché le trophée, alors à quoi bon essayer de faire mieux ?

Il prit sa canne et sa boîte à appâts, puis remonta la jetée d'un pas rapide.

Ed s'essuya les mains sur un bout de tissu et aida Jennifer à grimper à bord. Matt, assis à l'arrière, faisait tourner entre ses doigts un leurre qu'il s'apprêtait à fixer à sa ligne.

Jennifer s'assit dans le siège baquet à côté de son père. Celui-ci fit démarrer le moteur et s'éloigna du ponton. En quelques minutes, ils volaient sur l'eau. Ed souriait de toutes ses dents.

Le soleil avait brillé toute la journée, et il faisait encore chaud. Jennifer ôta sa veste et la plaça sur le dossier de son siège. Elle essaya de ne penser qu'aux poissons. Au moins, son père paraissait de bonne humeur.

Soudain, le moteur commença à avoir des ratés. Ed enfonça l'accélérateur jusqu'à ce que le bruit de l'engin redevienne régulier. Quand il reprit ses soubresauts, Ed ralentit pour qu'ils puissent de nouveau s'entendre parler.

— Je vais m'arrêter au ponton devant chez Johansen pour lui faire écouter ce moteur, dit-il.

Quelques minutes plus tard, il coupait le contact et se laissait dériver jusqu'au ponton. Avant que Jennifer et Matt puissent faire un geste, il avait sauté à terre et amarré le bateau.

— Ne bougez pas, je reviens.

Jennifer le regarda s'éloigner, horrifiée à l'idée de rester seule avec Matt. Elle était si tendue qu'elle commença à avoir mal au dos. Elle roula des épaules et étira les bras au-dessus de la tête.

— On ressort ses vieux trucs ? railla Matt d'une voix tendue.

Jennifer se retourna d'un bloc.

— Si tu penses que j'essaie de te séduire, c'est que tu as un ego fort démesuré, dit-elle avec froideur, tendant délibérément les bras sur les côtés pour faire ressortir sa poitrine, avant de les laisser retomber nonchalamment.

Il pinça les lèvres.

— Et, dans une minute, tu vas sortir un bol de fraises et les déguster une à une en me regardant droit dans les yeux ? s'esclaffa-t-il. Franchement, Jennifer, tu n'aurais rien pu trouver de plus original ? Il n'y a pas plus cliché que les fraises.

Elle rougit et lui tourna le dos. *Qu'il se contente de regarder cette partie de mon corps*, se dit-elle.

Ed revint quelques minutes plus tard.

— Ma chérie, Johansen est sur le lac, du côté de chez Murphy. Vous pourriez conduire le bateau là-bas pour qu'il écoute le moteur en marche ?

— Bien sûr, grimpe.

— Non, allez-y. Je dois parler aux juges du tournoi, pour mon poisson. Ils ont des tas de déclarations à me faire signer. Tu sais, jurer que je n'ai pas acheté un poisson surgelé avant de le balancer dans le lac. Les trucs habituels. Allez là-bas, j'aurai fini quand vous reviendrez.

Jennifer aurait préféré plonger nue dans le lac et nager jusqu'à chez Murphy plutôt que de se retrouver seule sur le bateau avec Matt, mais elle ne pouvait l'avouer à son père.

— D'accord, papa, dit-elle, résignée.

— On sera de retour dès que possible, ajouta Matt.

— Prenez votre temps, répondit Ed en détachant l'embarcation.

Il lança l'amarre à Matt, puis fit demi-tour et redescendit vers chez Johansen.

— Qu'est-ce que tu mijotes, Ed ? demanda Johansen en lui tendant une tasse de café.

— Oh, je donne à deux gamins une chance d'aller au bout de leurs préliminaires.

Il sortit son portable de sa poche et appela Veronica :

— Bon, c'est fait. Si tu nous faisais un bon ragoût pour le dîner ? Jenny et Matt vont être morts de faim en rentrant. (Il sourit et écouta un instant.) Ouaip. Ils devraient tomber en panne d'essence en arrivant à la crique, près de chez Murphy. Pour la suite, la balle est dans leur camp. Je leur donne quelques heures, puis j'irai les remorquer.

Jennifer appuya à fond sur l'accélérateur. Le bateau fit un bond en avant, envoyant violemment Matt au fond de son siège.

— Tu ferais mieux de t'accrocher ! cria-t-elle avec un sourire satisfait.

Les gouttelettes d'eau étaient comme de la glace sur sa peau. À cette vitesse, Matt ne pourrait lui assener ses remarques acerbes.

Matt s'agrippa au bord de l'embarcation et se mit péniblement sur ses pieds. Profitant d'une embardée, il attrapa le dossier du siège passager.

Jennifer sursauta et scruta son regard furibond tandis qu'il prenait place à ses côtés. Elle serra les dents et se concentra sur l'eau du lac. Le vent s'engouffrait dans sa chemise. Elle aurait dû remettre sa veste avant de repartir.

— Tu es en train d'essayer de nous tuer ? cria Matt.

— Ne sois pas ridicule. Je sais ce que je fais.

— Tu ne sais rien du tout. Et maintenant, ralentis ! rugit-il.

Jennifer appuya un peu plus sur l'accélérateur.

— Mêle-toi de tes oignons ! cria-t-elle en dépit du claquement de ses dents.

Loin devant, elle aperçut la petite crique que côtoyait la cabane de Murphy. Alors qu'elle s'apprêtait à accélérer de nouveau, le moteur eut un hoquet. Matt s'empara de l'accélérateur. Son bras s'appuya sur la poitrine de Jennifer, qui perdit son calme.

— Bas les pattes, espèce de porc.

Il fit ralentir l'embarcation.

— Ne prends pas tes rêves pour des réalités, ma chérie, j'essaie seulement de sauver ta peau.

— Ne m'appelle pas « ma chérie » !

Elle essaya de reprendre l'accélérateur, mais il ne lâcha pas. Son bras resta collé contre la poitrine de Jennifer, la caressant à chaque mouvement que lui imprimaient les roulis du bateau.

Ce contact prolongé attisa la colère de Jennifer. Quand enfin il abandonna la manette, elle manœuvra prudemment pour entrer dans la petite crique bordée de rochers. Le moteur s'arrêta. Surprise, Jennifer regarda Matt.

— Qu'est-ce qui se passe ? demanda-t-il, haletant.

— Le moteur.

Elle pressa le démarreur, qui ne fit que tourner dans le vide.

Matt jeta un regard circulaire autour d'eux.

— Où est passé ce Johansen ?

Pour la première fois, Jennifer se rendit compte que leur bateau était le seul dans la baie tachetée de soleil.

— Je ne sais pas.

Elle réessaya de lancer le moteur.

— Tu ferais mieux d'arrêter. Tout ce que tu vas réussir à faire, c'est bousiller le démarreur.

Matt se pencha sur le compartiment situé sous le banc, à l'arrière du bateau.

— Qu'est-ce que tu fais ?

— Je jette l'ancre. Je n'ai pas envie de dériver vers ces rochers.

Jennifer approuva.

— Bonne idée.

Elle parcourut la baie des yeux, se demandant si Johansen était déjà parti ou s'il n'était pas encore arrivé.

— Ohé ! cria Matt. Il y a quelqu'un ?

— Ça ne sert à rien. (Jennifer se leva avec précaution dans le bateau qui tanguait doucement.) Les Murphy habitent en ville, dans la même rue que mes parents. Ils ne viennent au lac que quand il fait chaud.

— Ils ont peut-être fait une exception pour ce week-end.

Matt porta une main à son front pour former une visière et tenta d'apercevoir la maison, dissimulée derrière la berge.

— Aucune chance. Ils sont partis en Floride la semaine dernière, pour voir leur fille. Ils ne reviennent pas avant un mois.

Il observa les alentours.

— En gros, on est coincés tout seuls au milieu du lac.

— Quelque chose comme ça…

Ils étaient seuls. Isolés. Elle sentit son cœur battre la chamade.

— Il n'y a que toi, moi et le lac, dit Matt en se rapprochant progressivement.

Le bateau tanguait doucement. Il s'assit à côté d'elle.

— Personne pour nous interrompre. Pas moyen de s'enfuir. Tout le temps qu'il nous faut.

— Je suis sûre que mon père va venir nous chercher, si on ne revient pas vite.

Jennifer essaya d'injecter un semblant de raison dans la folie qui la tentait.

— J'ai laissé mon portable à la maison. Tu as le tien ?

Il tapota ses poches.

— Non.

Les rayons du soleil commençaient à se faire brûlants, et elle s'éventa le visage.

— Tu as trop chaud ? s'enquit-il d'une voix douce et suggestive.

Son cœur s'emballa. Elle laissa retomber sa main.

— Non, pas du tout.

— Je voulais qu'on s'explique, mais on a toujours été distraits ou interrompus. Et les émotions brouillent les cartes.

— Eh bien c'est parfait, en ce moment il n'y a rien pour brouiller quoi que ce soit, et je doute que quelqu'un vienne nous interrompre. Alors vas-y.

— Tu ne vas pas te mettre dans tous tes états ?

— Je n'en ai pas l'intention, non.

— Très bien. Tu te souviens, quand j'ai dit que je savais que tu me désirais depuis tes quatorze ans ?

Jennifer se hérissa.

— Oui, je me souviens. Tu reviens encore là-dessus ?

— Tu ne m'as pas laissé finir. Alors, voici ce que tu as refusé d'entendre : je te désirais aussi, après ce rendez-vous. Mais j'avais déjà des vues sur toi avant, et j'ai passé beaucoup de temps, après le lycée, à penser à toi. Maintenant, je voudrais savoir si la réalité est à la hauteur de ce que j'ai pu imaginer.

— Il n'y a que le sexe qui t'intéresse ! s'offusqua Jennifer, le souffle court. (Elle se demandait s'il y aurait encore quoi que ce soit entre eux une fois qu'elle lui aurait donné ce qu'il voulait.) Ça me dépasse, comme les hommes se laissent commander par une si petite partie de leur corps.

Matt esquissa un sourire.

— Tu n'as pas encore vu cette partie de mon corps, alors tu ne devrais peut-être pas préjuger de sa taille.

— Laisse-moi deviner, se moqua-t-elle. C'est un élément majeur de ton anatomie ?

— En ce moment, oui, mais je te laisserai juger par toi-même.

Jennifer retint son souffle. Involontairement, son regard glissa vers l'entrejambe de Matt.

— Rien que la caresse de tes yeux le fait durcir, dit-il.

Jennifer céda à l'envoûtement de sa voix et le laissa l'attirer à lui. Dès qu'elle fut dans ses bras, il sembla perdre toute retenue.

Il plongea les mains dans ses cheveux et colla sa bouche à la sienne, plongeant la langue dans sa bouche. Elle n'aurait pu s'empêcher de l'embrasser, même si elle l'avait voulu.

Elle s'abandonna à ce baiser, se délectant de sa puissance. Machinalement, elle commença à déboutonner la chemise de Matt.

— Je te veux, Jenny, maintenant. Je ne peux pas attendre une minute de plus.

Ses mains tremblaient quand il écarta les pans de la chemise de Jennifer. En un instant, il l'avait ouverte, ainsi que son soutien-gorge qui fermait sur le devant, révélant des seins parfaits.

— Tu as la plus belle poitrine que j'aie jamais vue. (Il en embrassa les rondeurs avec une sorte de vénération.) J'ai l'impression d'avoir attendu ce moment toute ma vie. Enfin, ils m'appartiennent.

Ces mots la glacèrent. C'était exactement ce dont Matt s'était vanté, d'après son ami. Il avait accepté un pari pour savoir si ses seins étaient vrais. Le souvenir lui fit comme un coup de couteau en plein cœur. Mais elle était prisonnière de cette passion qui ne cessait de croître. Même ces mauvais souvenirs ne pouvaient l'empêcher de le désirer.

Avant qu'elle ait pu dire un mot, ou même songer même à le repousser, il glissa ses mains sur sa poitrine, caressant de son pouce ses mamelons tendus. Jennifer poussa un cri, qui se répercuta dans la crique silencieuse.

Une corde sembla se tendre entre sa poitrine et son sexe. Ce qui lui restait de raison s'évanouit lorsqu'il referma la bouche sur son téton et le suça très fort. Le plaisir était intense. Jennifer pressa la tête de Matt contre son corps. Elle ne pouvait plus que gémir et lui offrir son deuxième sein.

Ses jambes tremblaient si fort qu'elle tenait à peine debout. Elle sentit les mains de Matt qui défaisaient sa ceinture et ouvraient le bouton de son jean. Elle entendit le bruit d'une braguette qu'on ouvre, puis d'une deuxième.

— Mais comment ? Et où ? demanda-t-elle, dans un état d'ahurissement.

— Je m'en occupe.

Matt parcourut le bateau des yeux. Il avait presque oublié où ils se trouvaient. Il rassembla les coussins et les arrangea. Puis il s'agenouilla aux pieds de Jennifer pour lui ôter ses bottes. Il la débarrassa rapidement de son jean et de sa culotte, et se dévêtit lui-même en un instant.

Le bateau tangua. Matt la prit dans ses bras et la retint, caressant son corps comme s'il ne pourrait jamais s'en rassasier.

— Tu as froid ?

Il lui remit sa chemise sur les épaules.

Jennifer secoua la tête.

— C'est plutôt le contraire. (Elle le regarda et sourit.) Finalement, tu avais raison de vanter cette partie de ton corps.

Elle rit doucement. Elle savait qu'ils devaient avoir l'air complètement cinglés, tous deux debout, entièrement nus, sur un bateau qui ballottait, mais elle s'en fichait.

— Je vais faire en sorte que tu aies bien chaud, dit-il.

Un long moment, ils se regardèrent dans les yeux. Puis Matt caressa à deux mains la poitrine de Jennifer, lui titillant le bout des seins en décrivant des cercles avec ses paumes. Elle renversa la tête en arrière, son corps fébrile traversé de longs frissons.

Il fit courir ses mains le long de son ventre plat, et ses doigts se faufilèrent dans les douces boucles blondes qui se dessinaient à la naissance de ses cuisses. Il les caressa, et elle se sentit fondre. Il s'assit sur les coussins qu'il avait arrangés, puis s'y étendit.

— J'aurais préféré un lit et des heures entières pour te satisfaire, mais on devra s'en contenter. Pour le moment.

Il l'attira sur lui. Il était dur comme le roc, et possédait tout ce qu'elle pouvait désirer.

— Dans la poche de mon pantalon, dit-il d'une voix languissante.

Jennifer attrapa son jean, sortit de la poche le petit sachet argenté et le lui tendit. Il avait tout prévu. Il savait que cela arriverait. Le voir enfiler le préservatif la fit vibrer d'excitation. Elle se dressa sur ses genoux et le prit en elle. Lentement. Doucement. Ses yeux ne quittèrent pas les siens tandis qu'elle descendait sur son sexe érigé. L'intensité de ce qu'elle ressentit la bouleversa. Rien d'autre ne comptait, à présent. Rien d'autre qu'exprimer tout l'amour qu'elle éprouvait pour lui.

Matt gémit et finit par fermer les paupières. Il se mordit la lèvre inférieure pour tenter de se maîtriser. Lorsqu'elle gémit en ondulant contre lui, il rouvrit les yeux.

— Jenny ? Ça va ?

— Mieux que jamais, murmura-t-elle.

Il tendit les mains vers sa poitrine. Un frisson la traversa. Elle gémit de nouveau et posa ses lèvres sur les siennes. Leurs langues se rencontrèrent. Il abandonna ses seins pour venir lui caresser les hanches. Il la souleva et la laissa glisser lentement sur lui. Son souffle se brisa tandis qu'il allait et venait en elle.

— Encore, souffla-t-elle. Plus fort.

Elle ravala les autres mots qu'elle aurait voulu prononcer et savoura le plaisir qu'il lui donnait. Cette magie animale, c'était tout ce qu'il pourrait lui offrir. La croirait-il seulement si elle lui avouait qu'elle l'aimait ? Ou penserait-il qu'elle se moquait de lui ? Leurs corps étaient moites et glissants. Elle n'avait jamais rien ressenti de pareil. D'aussi merveilleux. L'orgasme la prit par surprise, et elle cria. Les mouvements de Matt se firent plus rapides, plus violents. Il se laissa emporter par les pulsations de son corps.

Lorsqu'il jouit à son tour, Jennifer le ressentit comme une gloire personnelle. Elle avait réussi à le mettre dans cet état. Puis elle retomba, épuisée, la tête sur son torse. Elle eut soudain très froid. Il lui caressa le dos, tentant de l'apaiser, l'embrassa dans le cou et lui caressa doucement la poitrine.

— Enfin. Maintenant, je n'aurai plus besoin de me poser toutes ces questions, murmura-t-il en lui déposant un baiser sur le front.

Ces mots firent à Jennifer le même effet que s'il lui avait versé sur la tête un seau empli de l'eau du lac. Elle se leva et, lui tournant le dos, commença à remettre sa chemise avec des mouvements brusques et maladroits.

— Qu'est-ce que tu fais ? Donne-moi quelques minutes, et on refait résonner des échos sur le lac, plaisanta-t-il.

— Non, je ne crois pas. On a eu tous les deux ce qu'on voulait, ça ne rime à rien de recommencer.

S'il te plaît, dis-moi que je me trompe, supplia Jennifer en silence.

Sa réponse le mit hors de lui. Comment pouvait-elle être aussi froide et détachée après ce qu'ils venaient de partager ?

— Si ça fait partie de ta comédie de l'inhibition sexuelle, ne te fatigue pas, je connais la vérité, dit-il sèchement, irrité par sa façon de virer du chaud au froid.

— Tu ne verrais même pas la vérité si elle jaillissait du lac pour te sauter à la figure, répliqua Jennifer.

Piqué au vif, il rétorqua :

— J'ai compris ce que tu préparais depuis le début. Tu crois vraiment que j'ai gobé ton histoire minable de blocage sexuel ? Pour une raison que j'ignore, tu as décidé de me piéger pour m'humilier.

— Une raison que tu ignores ? Comme si tu ne te souvenais pas de ce que tu m'as fait quand j'avais quatorze ans !

— Je n'ai rien fait de mal, à part te croire plus mature que tu ne l'étais. Alors ne fais pas comme si c'était moi qui t'avais fait du tort.

— Tu m'as fait du tort ! Tu as fait ce pari débile avec tes potes, comme quoi tu pouvais aller voir ce qu'il y avait dans mon soutien-gorge ! Et puis tu leur as raconté qu'en plus tu étais allé voir dans ma petite culotte !

— Je n'ai jamais fait ça ! rugit-il, effarouchant une grue qui s'envola.

Elle semblait avoir une telle image de lui qu'il n'en revenait pas.

— C'est ton copain Phil qui m'en a parlé. Il a essayé de reprendre là où tu t'étais arrêté. Et puis, au fait, tu n'avais aucune idée de ce que je préparais. Tu étais complètement pris dans mes filets. Tu tirais tellement la langue qu'on aurait pu laver le sol avec.

— Écoute, chérie.

— Ne m'appelle pas « chérie ». (Jennifer serra les poings.) En ce qui me concerne, c'est terminé. Je t'ai piégé. Tu m'as piégée. On est quittes.

Matt se renfrogna. Il était blessé, furieux et, pire encore, il avait toujours envie d'elle.

Jennifer ramassa sa culotte et s'en servit pour s'essuyer un peu. Puis elle enfila son jean et fourra sa lingerie dans sa poche.

Matt finit par se décider à parler.

— Je ne te comprends pas, Jenny. Vraiment pas.

Elle se retourna pour le voir refermer son pantalon. Juste à temps, puisqu'une autre embarcation venait d'entrer dans la crique.

— Ohé, du bateau ! cria Ed. Johansen est rentré avant vous, alors je me suis dit que j'allais venir vous chercher. Il y a eu un souci ?

Les yeux de Jennifer s'emplirent de larmes, mais elle les refoula avec colère.

— Le moteur est mort, expliqua Matt.

— C'est ce que je craignais. Ils ne l'ont pas bien réparé, dit Ed avec un grand sourire. Attrapez, ajouta-t-il en leur lançant une corde de remorquage.

Ni Jennifer ni Matt ne prononça un mot en rentrant au port. Ils attendirent sur le bateau, le temps que Johansen jette un coup d'œil au moteur. En quelques minutes, ce fut réparé. Jennifer ne posa même pas de questions sur la panne. Elle voulait juste rentrer à la maison et pleurer. Les émotions étaient trop vives, et son corps était trop sensible.

Matt observa Ed et Johansen, qui riaient sous cape. *Les vieux renards*, se dit-il. Ils avaient fait exprès de le laisser en rade avec Jennifer. Les bras lui en tombèrent. Ed n'avait sûrement aucune idée de ce qui allait se passer. Il rougit légèrement en comprenant que le père de Jennifer l'avait piégé. Ils étaient donc tous pareils dans cette famille ?

Matt ne dit pas un mot sur le chemin du retour. Il descendit du bateau et suivit Jennifer jusqu'à la maison. Il n'arrivait pas à croire que sa vengeance avait ses origines au lycée. Pourquoi ne le regardait-elle pas ? Peut-être ne ressentait-elle rien pour lui ? Peut-être que ce qui s'était passé entre eux était purement physique ? Vide de tout sentiment ? Il l'avait séduite, et elle avait fini par céder à ses avances.

Il prit son portable et alla mettre ses affaires dans le coffre de sa voiture. Il casa sa boîte à appâts et sa canne à l'arrière. Puis il reçut un appel. *Et zut.* Il n'avait vraiment pas besoin de ça. En écoutant le message, il comprit qu'il devait partir. Ce n'était pas la chose la plus élégante à faire, mais il n'avait pas le choix. Peut-être qu'une fois seule, Jennifer prendrait le temps de repenser à ce qui s'était passé entre eux.

Matt rentra dans la maison pour s'excuser. Jennifer était sous la douche, mais il ne pouvait attendre. Il demanda à Veronica de lui dire qu'il l'appellerait. Elle accepterait peut-être de lui parler après avoir eu le temps de se calmer.

Chapitre 12

— Bonjour, dit Jennifer en arrivant au bureau le lundi suivant.

Elle s'était soigneusement préparé un visage qui ne trahissait pas les nuits blanches qu'elle avait passées depuis que Matt était parti. Elle était rentrée chez elle le samedi soir, avait éteint son téléphone et essayé de dormir, mais elle pensait sans cesse à ce qu'elle avait ressenti quand ils avaient fait l'amour. Son corps tout entier le réclamait. Elle avait fini par admettre qu'elle avait été ridicule. Qu'elle leur avait fait vivre un enfer, à elle comme à lui, à cause d'une bagatelle de lycéens et des divagations absurdes d'un voisin alcoolique et obsédé sexuel. Soit elle croyait Matt, soit elle ne le croyait pas. Ce n'était pas plus compliqué.

— Bonjour, Jen. Le café est prêt, dit Cathy. Et voici vos messages.

Elle lui tendit une pile de Post-it roses.

— Tout ça ? s'étonna Jennifer en les prenant.

Cathy hocha la tête.

— Pour autant que je sache, votre ami le docteur Penrose a appelé toutes les heures depuis samedi 20 heures jusqu'à ce matin. Et il n'a pas fait qu'appeler… (Elle marqua une pause, le temps que Jennifer ouvre la porte de son bureau.)… il vous attend à l'intérieur, conclut-elle avec un petit gloussement. Et j'ai pris la liberté d'annuler tous vos rendez-vous, ajouta-t-elle bien que Jennifer eût déjà refermé la porte.

Matt était assis sur un coin du bureau. Dans la main droite, il tenait une grosse carotte toujours ornée de ses feuilles vertes. Il en croqua un morceau.

— Quoi de neuf, docteur ?

Jennifer n'essaya pas de contenir l'éclat de rire qui lui vint spontanément. Les espoirs qu'elle avait caressés durant ces deux nuits blanches venaient de se réaliser. Son cœur s'emballa.

— Docteur Penrose, vous avez rendez-vous ?

— Je me suis dit qu'avec une embuscade comme celle-ci, je n'en aurais pas besoin. Tu sais, le rire est la meilleure médecine. Même pour un ego blessé.

Il posa la carotte et se leva pour fermer la porte à clé.

— Maintenant, docteur Monroe, je crois que nous avons des dossiers en suspens à traiter.

Il desserra sa cravate, sans la quitter des yeux.

Jennifer essaya de garder une expression sérieuse.

— Je ne me souviens d'aucun dossier en cours, docteur Penrose.

Elle posa sa mallette et le regarda jeter sa cravate sur le sol.

— D'abord, il faut régler cette vieille affaire de lycée une bonne fois pour toutes.

— Docteur Penrose, j'ai beaucoup repensé à ce sujet et je pense que nous sommes tous les deux assez vieux pour remettre le lycée à sa place, c'est-à-dire dans le passé.

Son sourire enjôleur disparut.

— Je ne t'ai pas fait de tort, Jenny, ni au lycée ni le week-end dernier. Je crois que j'ai eu des paroles que tu as mal interprétées. J'ai dit que je n'aurais plus besoin de me poser une certaine question ; c'est cette remarque qui a mis le feu aux poudres.

Il commença à déboutonner sa chemise.

— Peut-être que je pense finalement que tu n'as rien fait de mal au lycée. Et peut-être que je n'ai pas besoin que tu m'expliques ta remarque incendiaire. Peut-être que je sais exactement ce que tu te posais comme question.

— Ah, et qu'est-ce que c'était ?

Hypnotisée, elle le regardait ouvrir sa chemise, un bouton après l'autre.

— Tu te demandais quel serait l'effet de ton corps contre le mien. Tu te demandais ce que leur union te ferait ressentir, murmura-t-elle.

— Je me demandais si tu tenais à moi, dit-il d'une voix rauque de désir. Je me demandais si le fait qu'on fasse l'amour, pour la première fois, dans des conditions si peu propices, voulait dire que tu m'aimais.

Il acheva d'ouvrir sa chemise, l'enleva, la fit tournoyer et la laissa tomber. Elle atterrit sur sa cravate.

— À présent, docteur, dit-il en défaisant sa ceinture, je suis ravi que nous ayons éclairci cette affaire. Nous pouvons maintenant passer à l'autre cas non résolu.

Jennifer ôta sa veste et la posa sur le dossier d'une chaise. Elle s'approcha de Matt.

— Et qu'est-ce que c'est ?

— Je t'ai promis de te faire l'amour pendant des heures.

— Je ne me souviens pas d'une telle promesse.

— Je ne l'ai pas formulée. Je te l'ai faite avec mon corps. J'ai l'intention d'aimer chaque centimètre carré de ta personne. Jusqu'à ce qu'on ne puisse plus marcher droit, ni toi ni moi. Jusqu'à ce que tu acceptes de m'épouser.

— Est-ce que tu comptes parler toute la journée, ou est-ce qu'on peut s'y mettre ? demanda-t-elle en ouvrant doucement sa braguette.

— Les deux. (Matt ôta ses chaussures d'un coup de pied.) On a perdu tellement de temps que je ne peux plus me permettre de perdre une minute. (Il se mit à déboutonner le chemisier rouge de la jeune femme.) Je vais te dire et te redire que je t'aime. Et je vais te faire l'amour, lécher et embrasser chaque partie de ton corps à te faire perdre la tête, afin que tu acceptes de m'épouser.

— Hum, voilà qui risque de prendre du temps. Et si on a faim ?

— On peut toujours manger la carotte, dit Matt en lui enlevant son chemisier. Qu'est-ce que tu penses de la semaine prochaine ?

Il lui enleva son soutien-gorge si vite qu'elle fut prise de vertige.

— La semaine prochaine ? répéta-t-elle, essoufflée. Je n'arrive pas à réfléchir quand tu me touches comme ça. (Elle lui prit les mains et le força à lâcher ses seins.) Qu'est-ce qu'il y a, la semaine prochaine ?

— On se marie la semaine prochaine.

Il se libéra les mains et poursuivit son petit jeu sensuel.

Jennifer sourit.

— Ça m'étonnerait.

Elle glissa ses mains dans son pantalon et trouva ce qu'elle cherchait. Ce fut au tour de Matt de gémir.

— Ça ne te va pas, la semaine prochaine ? lui souffla-t-il dans le cou en y déposant un chapelet de baisers coquins.

— Ma mère me tuerait. (Elle le caressa.) Je veux te sentir en moi.

Matt la souleva et la porta jusqu'au divan.

— La semaine prochaine, grogna-t-il en la laissant glisser le long de son corps.

Jennifer sourit et l'aida à ôter ce qui lui restait de vêtements. Elle jeta une couverture sur le divan et s'allongea en lui tendant les bras. Il la rejoignit et s'étendit sur elle, la plaquant sur les coussins.

— La semaine prochaine, on décide d'une date.

Matt l'embrassa et murmura :

— Une semaine, c'est affreusement long.

Jennifer sentit leurs cœurs battre à l'unisson.

— Je suis prête à négocier.

— Je vais voir ce que je peux faire, dit Matt en se glissant doucement en elle.

Jennifer, haletante, le serra plus fort.

— Eh bien, docteur Penrose, on dirait que vous maîtrisez l'art délicat de la négociation.

— Ça veut dire que j'ai gagné ? dit Matt d'un ton provocateur.

Jennifer sourit.

— Ça veut dire, mon cher docteur, que nous avons tous les deux gagné.

The Fell Types are digitally reproduced by Igino Marini.
www.iginomarini.com

Achevé d'imprimer en août 2012
Par CPI Brodard & Taupin - La Flèche (France)
N° d'impression : 69739
Dépôt légal : septembre 2012
Imprimé en France
81120849-1